톱스타의 킬링 필드

톱스타의 킬링필드 6

초판 1쇄 인쇄일 2017년 5월 24일 ｜ **초판 1쇄 발행일** 2017년 5월 29일

지은이 권하율 ｜ **펴낸이** 곽동현 ｜ **담당편집 팀장** 이범수
편집부 신연제 이윤아 홍현주 김유진 조서영 임소담 정요한

펴낸곳 (주)조은세상 ｜ 출판등록 제 2002-23호
주소 경기도 연천군 미산면 청정로 1355
TEL 편집부 02)587-2966 ｜ FAX 02)587-2922
e-mail bukdu@comics21c.co.kr

톱스타의 킬링필드
Hell is coming
6
권하율 퓨전판타지 장편소설
NEO FUSION FA
북두
(주)조은세상

권하율 퓨전판타지 장편소설

NEO FUSION FANTASY STORY

CONTENTS

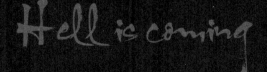

Hell is coming

톱스타의 킬링 필드

Hell is coming

chapter 1. 고생 끝에…?

Hell is coming

chapter 1. 고생 끝에…?

세 달이 지났다.

영화 촬영은 성공적으로 마무리 지어졌다.

마이 리틀 비디오를 통해 얻은 인기를 바탕으로 모두가 즐겁게 촬영에 임할 수 있었기 때문이었다.

처음에는 어떻게든 대립각을 세우려던 장성우 역시도 영화의 흐름 자체가 성공 가도를 달릴 것이 확실시되자 자신의 연기력을 끌어올리는 데만 집중하는 모습이었다.

채현에게 집적대는 모습도 사라졌고 말이다.

한편 애플트립은 흐름을 타고 신규 앨범을 발매하면서 한창 인기몰이 중이었다.

마이 리틀 비디오 방송 이후 급격히 올라간 인기 덕분에 각종 예능 방송 등에 섭외되면서 각자가 감추고 있던 끼를 마음껏 드러낸 탓이었다.

그저 적당한 수준에 머물러 있던 걸그룹에서 통통 튀는 비글미가 있는 대세 그룹으로 올라선 것이다.

상황이 그러다보니 본래는 요청을 넣기도 어려울 만큼 뛰어난 커리어를 지닌 작곡가들 쪽에서 먼저 연락이 왔다.

이번의 싱글 앨범의 타이틀곡 역시 그런 경로를 통해 얻게 된 케이스였다.

[네가 없는 길목] 이라는 곡이었는데, 쓸쓸해 보이는 제목과는 달리 통통 튀는 귀여움이 엿보이는 곡이었다.

항상 같이 걸어가던 사람이 없어진 길거리는 슬프지만 그 역시도 추억일 뿐이기 때문에 그를 통해 얼마든지 더 행복해질 수 있다고 말하는 주제의 노래인 것이다.

여성의 당당함을 말하면서도 가녀림이라는 여성성을 지워버리지 않은 이번 곡은 중독성 있는 후렴구와 더불어 남녀 모두에게 공감대를 형성하며 대단한 인기를 끌고 있는 중이었다.

'벌써 3주째 1위를 하고 있으니 말이지.'

요즘 같이 한 주도 1위 자리를 차지하기가 어려운 시점에서 3주 동안이나 1위를 고수하고 있다는 것은 그녀들의 저력을 보여주는 계기가 되었으며, 정말로 대단한 쾌거였다.

"뭐해?"

"아, 그냥 뉴스 좀 보고 있었어."

종욱의 물음에 강혁은 누운 채 쳐다보고 있던 폰의 화면을 내리며 크게 기지개를 폈다.

그런 강혁의 모습에 종욱이 한숨을 내쉬었지만 별다른 잔소리를 하지는 않았다.

그도 알고 있기 때문이었다.

지난 한 달간 강혁 역시도 고생했다는 사실을 말이다.

애플트립이 한국에서 걸그룹 중의 대세가 되었다면 강혁은 그야말로 톱스타의 반열에 들어섰다고 할 수 있었다.

영화가 아직 개봉되지 않았음에도 불구하고, 고퀄리티로 제작된 예고편을 통해 드러난 강혁의 모습이 미드 데드문에서의 모습들과 겹치면서 화제성이 폭발한 것이다.

강혁의 인기가 급증한 것은 오래된 역사와 인기를 지닌 예능 프로그램인 '저스트 러닝'과 '무리한 도전'에 연달아 출연하고 나서부터였다.

뛰어난 신체 능력을 바탕으로 '저스트 러닝'의 추격전에서 괴물 같은 모습을 보여주었으며, '무리한 도전'에서는 반대로 스릴러 특집의 배우로 출연하여 섬뜩한 연기를 보여주었다.

특히나 무리한 도전에서의 방송은 그야말로 시청자들의 폭발적인 반향을 일으켰다.

무리한 도전의 멤버들에게 특정한 연기 수업을 진행하는 것이 아닌, 멤버들에게 버려진 병원 탐사에 대한 내용을 제외하고는 방송 진행 일체에 대해 사전 고지하지 않은 상황에서 강혁이 그들을 유린하는 내용이 방영되었기 때문이다.

버려진 병원을 이용해 미리 여러 가지 장치들과 비밀 통로들을 만들어 둔 무리한 도전 제작팀은 방송 2주 전부터 강혁에게 촬영과 관련된 준비를 할 수 있도록 부탁을 했고 강혁은 기대에 훌륭하게 보답했다.

여섯 명의 무리한 도전 멤버들이 실제로 그런 상황에 처하기라도 한 것처럼 울고불고 비명을 지르며 뛰어다니는 모습을 보여줄 수 있었으니까 말이다.

그 두 번의 방송을 기점으로 강혁은 국내에서도 두터운 팬층을 거느릴 수 있게 되었다.

〈팬의 숫자〉: 현재 2,809,112명

〈충성 팬의 숫자〉: 184,211명(72%)

〈인지도〉: 이제는 스스로도 톱스타의 반열에 올랐노라고 말할 수가 있다. 하지만 인기는 항상 양면의 동전과도 같다는 것을 기억해야 한다.

겨우 5만 정도를 바라보고 있던 충성 팬의 숫자가 순식간에 불어나서 20만을 바라보고 있었으며, 그로 인해 전체 팬의 숫자는 300만에 육박하고 있는 상태였다.

순수하게 팬의 숫자만 300만이 가깝도록 성장한 것이다.

단순히 인지도라는 측면에서 보면 이제 강혁을 모르는 사람은 쉽사리 찾아보기 힘든 수준이라고 할 수 있었다.

'게다가 부스터는 이제 시작되었을 뿐이니까.'

처음에는 그저 영화도 찍을 겸 한국 시장에 좀 더 얼굴을 알리자는 취지였지만, 첫 단추가 너무나도 잘 끼워진 덕분에 강혁은 종욱과 의논하여 좀 더 큰 그림을 그린 상태였다.

'설마 그걸 따낼 수 있을 거라곤 미처 생각지 못했었는데 말이지.'

슬슬 다시 미국으로 돌아가서 진행될 일정들에서 큰 건이 이미 두 개나 잡혀있었기 때문이었다.

하나는 다시 촬영에 들어가게 될 미드 데드문 시즌 2의 출연과 관련된 일이었으며, 다른 한 건은 영화와 관련된 것이었다.

무려 할리우드 영화에 주연으로 발탁이 된 것이다.

그랬다. 지난번 시나리오를 보고서 눈독을 들이고 있던 바로 그 영화였다.

'더 리퍼.'

강혁은 달무리를 찍는 와중에 사정을 말하고 미국으로 건너가 오디션에 임했으며, 당당히 배역을 따낼 수 있었다.

더 리퍼의 주인공인 해리슨 역을 맡게 된 것이다.

설정 자체가 입양된 한국인 출신이라는 점 때문에 해리슨 역의 오디션 장에는 한국에서 이름만 들어도 알 수 있을 법한 배우들이 대거 참여했지만 강혁은 그들 모두를 물리치고 당당히 배역을 따낼 수 있었다.

대부분이 국내에서의 인지도만을 지닌 데 반해 강혁은 북미 내에서도 꽤나 큰 인지도를 지니고 있다는 점에서 높은 점수를 얻은 것 같았다.

아무튼, 덕분에 강혁은 올해의 남은 시간 동안을 거의 눈코 뜰 새 없이 보내야 하게 생겼지만… 그런 것은 아무래도 좋았다.

체력은 사흘 밤낮을 새도 조금만 휴식을 취하면 금세 회복이 될 만큼 성장한 상태였으며, 할리우드 스타가 되고 싶다는 배우로서의 열망은 여전히 꺼지지 않았기 때문이었다.

"내일이 복귀 날이지?"

"어. 짐은 다 챙겨놨지?"

"짐이랄 게 있겠어? 여권만 있으면 되지."

"으이구."

강혁의 대답에 종욱이 답답한 듯 가슴을 두드렸다.

그래봤자 강혁이 소파를 떠날 일은 없었지만 말이다.

"아…. 아무것도 안 하고 싶다. 지금도 아무것도 안하고 있지만 더욱 더 격렬히 아무것도 안 하고 싶다!"

"시끄러 인마!"

그야말로 백수의 전형과도 같은 강혁의 칭얼거림에 결국 종욱이 소리를 쳤다.

하지만 둘 다 웃는 낯이었다.

다 괜히 하는 소리라는 걸 알기 때문이다.

"근데 오늘 점심은 뭐야?"

"짱깨지 뭐. 혹시 다른 거 당기는 거라도 있어?"

"형. 그럼 우리 국밥 먹으러 가자."

"국밥?"

"어. 전에 왔을 때 먹었던 그 집 있잖아."

"아~ 거기? 하긴 그 집 안 간지도 좀 됐네. 확실히 거기
가 맛은 죽여주는데…….."

강혁의 제안에 종욱이 기억을 떠올리고는 입맛을 다셨
다.

"그래, 그럼 오랜만에 가보자."

"콜!"

종욱의 말이 떨어지기가 무섭게 강혁은 언제 늘어져 있
었냐는 듯 튀어 오르듯 일어섰다.

"근데 괜찮으려나?"

"뭐가?"

"거기 스타 엔터 단골집이잖아. 껄끄럽지 않겠어?"

"뭐가 껄끄러워? 그 여자가 그런 데에 올 리가 없잖아.
온다고 해도 이제서 딱히 꿇릴 것도 없고."

"하긴 그러네."

결국 그렇게 점심 메뉴를 결정지은 두 사람은 금방 준비
를 갖추어서 밖으로 나섰다.

늘어난 위상을 증명하듯 이제 강혁에게는 개인 밴은 물론 코디까지 주어져 있었지만 제대로 된 스케줄이 없을 때에는 여전히 종욱의 차로 움직이는 편이었다.

'그나저나… 그 여자는 요즘 뭐하고 있으려나?'

조수석에 탑승해 부드럽게 움직이는 SUV의 탑승감을 즐기며 강혁은 차창 밖으로 시선을 향했다.

까맣게 잊고 있던 이름이 좀 전의 대화를 통해 문득 떠올랐기 때문이었다.

아마도 이렇게 의식이 되는 이유는 최근에 여러 곳에서 방송에 출연하다가 마주친 스타 엔터 소속의 연예인들 때문일 것이었다.

'아이돌에 배우, 개그맨까지. 참 다양하게도 만났네.'

아이돌의 경우는 루나와 함께 출연한 음악 방송에서, 배우는 우연찮게 다른 스케줄로 방송국 내를 지나가다가 마주쳤으며, 개그맨의 경우 라디오에 출연했다가 마주쳤다.

짐작하다시피 하나같이 별로 좋은 만남들은 아니었다.

아이돌의 경우 한없이 건방졌고, 배우의 경우는 눈살이 찌푸려질 정도로 갑질을 하는 모습이었으며, 개그맨의 경우 은근슬쩍 강혁의 신경을 건드려댔다.

세 가지의 경우 모두 무시하거나 대충 둘러대는 식으로 대처했지만 썩 기분이 좋지는 않았다.

'아마 소속 연예인들한테 나에 대한 욕을 해놓은 건지도 모르지.'

이미숙 사장의 성격이라면 충분히 가능한 일이었다.

그래도 직접적인 사단을 일으키지는 않았다는 점에서 조금은 성장했다고 봐야 하는 걸까.

국내 활동을 마음먹었던 순간부터 이미숙이 발목을 잡아오지는 않을까 생각했었는데 말이다.

어쩌면 김상욱의 능력이 예상했던 것보다 뛰어난 것일 수도 있었다. 이미숙의 성격상 소속사에 압박했을 가능성이 충분했기 때문이었다.

그것을 모두 막아내고 강혁과 애플트립의 활동 모두에서 성공적인 흐름을 만들어낸 것은 충분히 그의 역량이라고 봐도 좋았다.

❖

간만에 얼큰한 국밥으로 한국에서의 특식을 마무리 지은 강혁과 종욱은 다음 날이 밝자마자 가장 빠른 비행기로 미국으로 돌아갔다.

"후아… 드디어 진짜 집이구나!"

"그래. 집이지."

익숙한 거리를 지나 집 문을 열고 들어서자마자 꺼낸 말이었다.

집안의 전경은 비어 있던 시간을 증명하듯 조금은 먼지가 내려앉아 있었지만, 장기간 비운 것을 감안하더라도 전체적으로 깔끔해 보였다.

종욱이 낑낑거리며 짐 가방들을 자신의 방으로 옮겨가는 동안 강혁은 버릇처럼 거실의 소파로 뛰어들었다.

그리고는 세상에서 가장 편한 자세로 기대며 염력을 발휘해 테이블 위에 놓여 있던 리모컨을 당겨와 손에 쥐었다.

"음?"

강혁은 테이블 위에서 느껴지는 무언가의 위화감에 고개를 갸웃거렸다.

리모컨을 가져온 이상 분명 비어있어야만 할 테이블 위로 곱게 접어진 종잇조각이 따로 놓여 있었기 때문이었다.

강혁이 대단한 기억력을 지닌 것은 아니었지만, 분명 집을 나서기 전까지만 해도 거실의 테이블 위에 저런 종잇조각은 없었다.

강혁은 기대던 몸을 일으켜 세우고 앉아 종잇조각을 집어 들었다.

그리고는 딱지 모양으로 곱게 접혀진 종이를 펼쳤다.

"호오?"

종이를 펼쳐 내용을 확인한 강혁은 감탄사를 머금었다.

생각지도 못한 메시지가 꾸깃꾸깃한 쪽지에 담겨 있었기 때문이었다.

[당신은 지금 위험에 처해있습니다. 만약 이 말을 믿으신다면 해당 주소로 접속해주시길. 모든 것을 설명해드리고 도움 역시 드리겠습니다. -헌터 연합-]

쪽지의 말미에는 블로그의 주소로 보이는 글귀들이 쓰여 있었다.

'헌터라…'

현실에서 직접 괴물들을 상대하는 이들로서 그들이 모인 헌터 연합은 강혁의 입장에서는 존재를 알게 된 순간부터 줄곧 접촉해보려 했던 곳이었다.

시간상의 문제를 비롯한 여러 가지 문제들로 인해 계속 연이 닿지는 않았지만 말이다.

근데 그곳에서 먼저 접촉을 해오다니…….

'이건 또 새로운 전개인데?'

주소를 살펴보던 강혁은 곧장 방으로 올라가 주소를 입력해볼까 하다가 이내 고개를 젓고는 쪽지를 다시 접어 주머니 속에 대충 밀어 넣었다.

"일단 지금은 더 급하게 처리를 해야만 할 일이 있으니까 말이지."

딱히 게임을 한다든가 침대 위를 뒹군다든가 하는 일에 대한 말이 아니었다.

현실 쪽을 바쁘게 보낸 만큼 저쪽의 세상 역시도 꽤나 바쁜 일정을 보냈던 것이다.

덕분에 이제 현실에 머무는 시간의 증가는 크게 의미가 없는 보상이 되어 버렸다.

'대강 5년쯤이던가?'

지난 몇 개월 동안 틈만 나면 미스트와 현실을 오가며 벌어들인 시간이었다.

중급 추종자가 된 스즈가 본격적으로 의뢰들을 해결할 수 있게 된 데다가 여차하면 함께 의뢰를 도전할 수도 있었기에 의뢰 완료에 더 속도가 붙었다.

덕분에 현재 강혁의 레벨은 21이었다.

위로 가면 갈수록 어려워지는 레벨업의 난이도를 생각해 보면 그야말로 폭렙을 한 셈이었다.

[상태창]

이름: 강혁(LV.21)

종족: 인간

호칭: 악마사냥꾼

직업: 생존자(정예), 혈(血)법사

스킬: [냉철한 판단력(패시브)], [생존 본능(패시브)], [싸이코키네시스(액티브)], [불사의 기백(액티브)], [비도술(패시브)], [나선력(액티브)]

직업 스킬: [흡혈(액티브)], [피의 창(액티브)], [혈기전환
(패시브), [혈기폭발(액티브)]

〈스테이터스〉
근력: 25[+5]
체력: 40[+8]
순발력: 39[+8]
정신력: 43[+9]
카리스마: 15(+5)[+3]

이것이 현재 강혁의 상태창이었다.

계획대로 마술사 직업을 얻어 혈(血)법사로 전직한 상태.

'적응하는데 꽤나 힘들었지.'

혈(血)법사는 스킬을 사용하는데 정신력 외에도 혈액이
라는 별도의 소모 값이 필요한 덕분에 체력과 정신력 위주
로 스텟을 올려야만 했다.

기존에 보유하고 있던 스킬들과 직업 스킬들 간의 균형
을 맞추는 것도 중요했지만 그보다는 정신력과 체력의 조
절이 쉽지가 않았기 때문이었다.

어느 쪽이든 균형 있게 조절하지 않으면 어느 순간 정신
력과 체력에서 크나큰 손해를 보기에 전투 시에는 항상 집
중할 필요가 있었다.

이제는 나름의 요령도 찾은 데에다가 사기적인 꼼수까지

얻은 상태였지만 연습 당시에는 정말이지 꽤나 고생을 했었다.

"그래도 덕분에 괴물이 될 수 있었으니까."

고생의 대가라고 해야 할까.

강혁은 현재 괴물이나 다름없는 상태가 되어 있었다.

이른바 먼치킨에 가까운 존재가 되어버린 것이다.

'회복력이랑 시너지가 너무 사기적이란 말이지.'

강혁이 처음부터 선택해서 결국 '초 회복'이라는 형태로 진화시킨 보조 스킬의 효과는 혈액, 즉 체력을 소모해야만 하는 혈(血)법사에게 있어서는 최고의 시너지를 지닌 스킬이었다.

별다른 일을 하지 않아도 지속적으로 소모 값을 회복시켜 줄뿐더러 여차하면 초 회복을 발동하여 체력을 원 상태로 되돌릴 수가 있었기 때문이었다.

게다가 혈(血)법사 스킬들 중 유일한 패시브 스킬인 혈기전환은 정해준 퍼센트에 맞추어 저절로 정신력과 체력의 비율을 조절해주는 기능이 있었다.

한 마디로 아무런 생각 없이 무한정 전투를 진행하지만 않는다면, 좀비처럼 절대로 쓰러지지 않는 유지력을 뽑낼 수 있다는 뜻이었다.

덕분에 강혁은 적응을 완전히 마친 뒤로는 단 한 차례의 위기도 없이 A등급의 의뢰들을 손쉽게 해결할 수 있었다.

"끄응."

강혁은 침음성을 머금었다.

그만큼이나 이번 일은 만만치가 않았기 때문이었다.

'왠지 요즘 너무 잘 풀리는 것 같긴 했다만……'

설마 이런 식으로 태클이 들어올 것이라고는 생각지 못
했었다. 이런 걸 보면 어쩌면 시스템을 만들어낸 녀석은 정
말로 사람들의 고통을 즐기는 변태 놈일지도 몰랐다.

《〈강제 미션: 누군가의 악몽(SS등급)〉》

-한 달 내에 미션에 응하지 않으면 죽게 됩니다.

-플레이어의 레벨이나 스킬과는 무관하게 특정 존재에
빙의하게 됩니다.

이제 좀 먹고 살만하니 이게 무슨 깽판이란 말인가.

심지어 SS등급의 미션이었다.

'난 아직 S등급 의뢰 자격도 충족하지 못했다고!'

이토록이나 불합리한 조건의 의뢰였지만 이미 주어진 이
상 되돌릴 방법 따위는 없었다. 여기에 불만 신고 버튼 같
은 게 있을 리는 없으니까 말이다.

"죽겠고만."

여태까지는 여차저차 잊어먹다시피 하며 묻어두고 있었
지만 이제는 그럴 수조차 없게 되었다.

-강제 미션의 제한 시간이 3일 밖에 남지 않았습니다.

-허무하게 죽고 싶지 않다면 주의하시길!

어느새 코앞까지 카운트다운이 다가왔기 때문이었다.

경고문에 쓰인 것처럼 이제는 정말로 죽기 싫으면 응하는 수밖에는 없었다.

"……."

쉽게 생각하면 아직은 3일이나 여유가 있는 셈이었다.

컨디션을 회복하는 셈 치고 아슬아슬한 순간까지 버티다가 진행하는 방법도 있었다.

하지만 강혁은 곧 머릿속을 차지하는 안이한 생각들을 지워냈다.

미룬다고 해서 해결될 문제가 아니었기에.

기한이 임박해지면 질수록 다급함만 더해질 뿐이었다.

"형!"

"응? 왜?"

강혁의 외침에 종욱이 짐을 정리하다 말고 나와 답했다.

강혁이 그런 종욱을 보며 말했다.

"이따가 햄버거나 먹으러 갈까?"

"햄버거? 왜? 미국에 오니까 곧바로 기름기가 당겨?"

"어. 크고 두터운 패티가 필요하다."

"알았어. 그럼 오랜만에 쉑쉑이나 땡기자고."

종욱은 못 말리겠다는 듯 고개를 흔들며 특식의 제공을
약속했다.

"땡큐."

다시 정리정돈을 위해 방으로 향하는 종욱의 뒷모습을
쳐다보던 강혁은 이내 목에 힘을 풀고 소파에 다시 기대어
허물어졌다.

'가기 전에 햄버거 하나 정돈 괜찮잖아?'

어차피 갈 건데 가기 전에 위에 호강이나 좀 시켜주고 갈
셈인 강혁이었다.

❖

"오늘은 이제 쉴 거냐?"

"응. 시차가 있는지 좀 피곤하네."

"그래. 그럼 쉬어라. 괜히 게임 방송이나 하고 있지 말고."

"알았다니까!"

조금만 틈을 주면 금세 잔소리 모드로 변하려 드는 종욱
의 말에 강혁이 진저리를 치며 그를 쫓아냈다.

"후우, 그럼…."

홀로 남겨진 방안에서 강혁은 자연스럽게 침대로 가서
누웠다. 누운 채로 익숙한 천장을 보고 있자니 밥을 먹은
다음에 곧바로 누우면 안 되는데 라는 쓸데없는 생각이 떠
오른다.

하지만 그런 생각들은 이내 새하얗게 물들어 지워지고 곧이어 마주하게 될 악몽에 대한 긴장으로 변해 버렸다.

'강제 미션이란 말이지….'

본래는 20레벨을 넘어선 플레이어들에 한해서 주어지는 미션이며, 장기간 미션을 수행하지 않은 이들에게 우선적으로 주어지게 되는 미션이었다.

자신의 현실에 안주하여 미스트에 대한 것을 잊어버리지 않도록 되새겨주는 장치와도 같은 것이었다.

그러니만큼 보통 강제로 주어지는 미션의 난이도는 플레이어가 해결할 수 있는 수준에서 크게 벗어나지 않는다고 알고 있었다.

A등급에 머물러 있는 사람은 기껏해야 A+등급의 의뢰가 주어진다든가 심해 봤자 S등급의 미션이 주어지는 정도였다.

한데 강혁에게 주어진 강제미션의 난이도는 무려 SS등급.

그것도 쌓아 온 능력이며 스킬들이 사실상 무용지물이라고 할 수 있는 빙의 미션이었다.

'날 높게 평가해 준 것은 감사하지만 말이지.'

강혁은 길게 한숨을 내쉬었다.

한탄을 해봤자 뭐하겠냐는 생각이 들었던 것이다.

이럴 시간에 어떻게든 정보를 긁어모아 조금이라도 생존에 도움이 될 수 있을 방법을 모색하는 편이 좋을 터였다.

'그러고 보니 윤손하가 뭔가 많이 알고 있었지.'

강혁이 미스트의 세계로 건너간 뒤로 처음 마주쳤던 플레이어이자 가장 처음을 함께 했던 인연이 있는 플레이어.

그녀와 재회한 이후로 강혁은 이따금씩 시간이 맞으면 함께 미션을 수행하기도 했었다.

'일단 만나봐야겠군.'

윤손하와 접촉하기 위해서는 우선 거점으로 갈 필요가 있었다.

그녀와는 세계관과 시간 축 자체가 다르기 때문이었다.

그녀와 접하기 위해서는 모든 것이 연결되는 미스트의 세계로 우선 들어가야만 할 필요가 있었다.

"다이브."

강혁은 곧장 명령어를 토했다.

명령어를 외자마자 푹 가라앉는 느낌과 함께 시야가 흩어진다.

"응? 오셨어요?"

눈을 뜨자 늘 그렇듯 소파에 누워 TV를 관람하고 있던 스즈가 반갑게 맞아주었다.

강혁은 그녀의 한심한 작태를 뒤로 하고서 곧장 커뮤니티 관련 탭을 열었다.

〈친구 목록〉

-윤손하(접속 중)

다행이다.

시간이 어긋나지 않은 모양이다.

'본론만 바로 보내는 편이 좋겠지.'

강혁은 쪽지창을 열고는 고심 끝에 간추린 질문들을 윤손하에게로 보냈다.

—강혁: 혹시 빙의 미션에 대해 알고 있는 게 있어? 알고 있다면 주의해야 될 점이라던가 준비해야 될 부분 같은 것에 대해 알려줬으면 하는데.

=윤손하: 응? 갑자기 빙의 미션은 왜? 오빠 설마 빙의 미션 시도하려고? 위험하니까 그냥 걸러!

—강혁: 강제미션이라서 거를 수 있는 게 아니야.

=윤손하: 헐… 강제 미션으로 빙의가 떠? 망했네…. 오빠 가끔 보면 진짜 운 없는 듯…….

—강혁: 시끄럽고. 아는 거 있으면 알려주기나 해봐.

짜증 섞인 강혁의 쪽지에 윤손하는 잠시 생각을 정리하는 듯 뜸을 들이더니 이내 장문의 쪽지를 보내어주었다.

=윤손하: 우선 알다시피 지금 오빠가 가진 스텟이나 스킬들은 무용지물이나 마찬가지야. 아이템 같은 걸 가져갈 수도 없고. 한 마디로 완전 알몸과도 같은 상태가 된다는 뜻이지.

-강혁: 그런데?

=윤손하: 그래서 일단 시작하면 빙의된 존재의 능력에만 의지해야 하지만 꼼수가 하나 있는 걸로 알아.

-강혁: 꼼수?

=윤손하: 응. 시공 상점에서 구입할 수 있는 아이템 중에 기간제 스킬 공유 스크롤이 있거든?

-강혁: 기간제 스킬 공유 스크롤?

기간제 스킬 공유 스크롤이라니… 강혁으로서는 처음 들어보는 이름의 아이템이었다.

하긴 아이템을 뒤져보더라도 주로 무기나 방어구 혹은 스킬북 관련 탭들만 집중적으로 살폈었으니까.

=윤손하: 쉽게 말해 선택한 대상자로부터 정해진 기간 동안 스킬을 공유 받을 수 있는 아이템인데 상대가 허락만 하면 정해진 기간 동안 똑같은 수준의 스킬을 구사할 수 있게 돼.

-강혁: 다운 그레이드도 아니고 원본 그대로의 위력을 낼 수 있다고?

=윤손하: 그렇지. 근데 이건 같은 플레이어끼리는 사용할 수가 없어.

-강혁: 뭐? 그럼 쓸모없는 거 아닌가?

=윤손하: 원주민들이 있잖아? 오빠 같은 경우에는 추종자도 있고.

'과연!'

강혁은 고개를 끄덕였다.

미스트의 세계에서 스킬을 지닌 것은 플레이어들뿐만이 아니었다. 모험가로 총칭되는 모든 이들이 스킬을 지니고 있는 것이다.

그리고 그 범주에는 분명 추종자인 스즈 역시도 들어간다.

=윤손하: 아무튼, 스크롤을 사용하면 그 스킬은 대상자의 영혼에 직접 묶이게 되는 거라서 빙의를 통해서 이동을 해도 사용할 수 있다고 알고 있어. 해당 기간 동안은 말이지.

-강혁: 공유되는 스킬은 하나뿐인가?

=윤손하: 글쎄… 그렇게 자세히 아는 건 아니라서.

-강혁: 오케이. 정보 고맙다.

감사의 말과 함께 강혁은 쪽지창을 닫았다.

암담하기만 했던 빙의 미션에 대한 해결책의 실마리라고 할 만한 것이 잡혔기 때문이었다.

강혁은 곧장 시공 상점을 오픈했다.

그러자 넓은 사각형의 창이 펼쳐지며 그 안으로 마치 게임의 경매장과 비슷한 형태의 탭이 비추어 진다.

'총알은… 이만하면 여유롭겠지?'

탭의 우측 상단에 새겨진 시공 주화의 숫자는 무려 28,000을 가리키고 있었다. 그동안 의뢰들을 해결하며 시공 주화 역시 꽤나 많이 벌어 두었던 것이다.

'혹시나 나타날지 모르는 유니크 아이템이나 스킬 북을 사려고 모으던 돈이었지만……'

발등에 불이 떨어진 시점에 절약 따위를 생각하고 있을 틈은 없었다.

"스즈."

"네? 저요?"

"잠깐만 와봐."

강혁의 부름에 누워있던 스즈가 냉큼 튀어왔다.

그런 그녀를 보며 강혁이 물었다.

"지금 레벨이 몇이지?"

"레벨이요? 지난번 의뢰를 완수한 뒤로는 10레벨이죠. 아, 그러고 보니 다음 단계로 승급을 할 때가 됐네요. 승급 시켜 주실 거예요?"

스즈는 잔뜩 기대를 머금은 표정이었다.

강혁이 말했다.

"그건 일단 보류하고, 지금 스킬은 총 몇 개지?"

"4개요."

"잠행술, 독 함정, 암습 말고 또 뭐가 있지?"

"다중 분신술이요. 이번에 10레벨이 되면서 생겼어요."

음, 썩 나쁘지 않은 조합이었다.

의아한 듯 고개를 갸웃거리는 스즈를 뒤로하고 강혁은 다시 시공 상점의 탭을 주시했다.

'스크롤이라고 했지? 그러면… 보조 아이템 탭이 맞겠지.'

보조 아이템 탭을 누르자 여러 가지의 카테고리 속에서 과연 스크롤이라는 항목을 찾을 수 있었다.

'여기 있군!'

기간제 스킬 공유 스크롤을 찾는 것은 그다지 어렵지 않았다. 지속형 스크롤의 탭을 누르고 들어가자 가장 최상단으로 기간제 스킬 공유 스크롤이 떠있었기 때문이었다.

기간제 스킬 공유 스크롤은 등급이 나뉘어 있었다.

당장 눈에 보이는 것은 최하급에서 상급까지의 등급.

'유지 시간에 따라 등급이 나뉘는 건가?'

아마 별도의 기능이 더 있을지도 모르지만 당장 보기에는 유지되는 시간의 정도에 따라 등급이 나뉘는 것 같았다.

최하급의 스크롤은 고작 10분 정도를 유지할 수 있다고 하면 하급은 1시간, 중급은 하루, 상급은 일주일인 정도의 수준이었다.

'등급별로 가격 차이도 심하군.'

최하급 스크롤의 경우 하나당 고작 500주화 밖에 안 했지만 상급 스크롤의 경우는 하나당 무려 8,000이나 되는 주화를 요구했던 것이다.

모두 상급으로만 구입할 경우 지금 가진 주화로는 3개의 스킬만을 공유할 수 있었다.

"쯧."

"응? 무슨 일이라도 있으셔요?"

강혁이 혀를 차자 스즈가 의아한 표정으로 물어 온다.

강혁은 잠시 고심하다 입을 열었다.

"지금 가진 스킬들의 숙련도가 다들 어느 정도지?"

"다중 분신술 빼고는 다 맥스죠."

"그래? 그러면 어쩔 수 없군."

"네? 제가 좀 알아듣게 좀……."

답답하다는 표정을 짓는 스즈를 뒤로하고 강혁은 즉각 지갑을 열었다. 더 생각을 할 것도 없이 상급의 기간제 스킬 공유 스크롤을 구입한 것이다.

번쩍―

"앗!?"

스크롤은 구입이 되자마자 곧장 강혁의 손아귀 위로 생성되었다. 놀란 눈을 한 스즈를 보며 강혁은 그제야 자신이 처해 있는 상황을 설명했다.

"아… 그래서…? 그러면 그 미션에는 저도 함께 할 수가 없는 거예요?"

"응. 그러니까 내가 돌아올 때까지 혼자 적당한 의뢰라도 받아서 해결하고 있어."

"그거야… 상관없긴 한데… 정말로 괜찮겠어요, 혼자?"

"방법이 없잖아. 그나마 대안이라도 있어서 다행인 거지."

진심 어린 걱정의 말을 건네는 스즈의 모습에 강혁은 씁쓸한 미소와 함께 손에 들린 스크롤 팩을 흔들어 보였다.

"바로 가실 거예요?"

"일단 테스트는 해보고 나서 가야지."

"그럼?"

"일단 거기 가만히 서 있어봐."

스즈를 세워두고 한 걸음 물러선 강혁은 이내 스크롤 중 하나를 꺼내어 펼쳤다.

'아, 이런 식이군.'

뭔가 기하학적인 문양들이 가득 새겨진 스크롤을 보며 스즈를 응시하자 곧장 [눈앞의 대상으로부터 스킬을 공유받겠습니까?] 라는 메시지와 함께 은은한 금빛의 오오라가 원을 이루며 스즈의 발 아래로 머물렀다.

"지금 공유 걸어볼 테니까 뭔가 뜨면 승낙을 해줘."

"알겠어요."

흔쾌히 승낙하는 스즈의 대답에 강혁은 곧장 손을 뻗어 YES버튼을 눌렀다.

우우웅—

버튼을 누르자마자 스즈의 발아래에 머물러 있던 빛무리가 그녀의 몸 전체를 훑고는 곧 희미해져 사라졌다.

"음… 이건 좀 신기한 느낌이네요."

"어떤데?"

"뭔가 좀 여기저기가 간지러운 느낌?"

"안 씻어서 그런 거야."

"캬아악~ 그런 거 아니라고요!"

분노하는 스즈의 외침을 과감히 무시하고 그녀의 머리 위를 응시하자 새롭게 떠오른 메시지창의 내용이 보인다.

[링크 성공! 이제부터 상대의 스킬 중 하나를 공유 받을 수 있게 됩니다. 한 가지만 선택할 수 있으니 신중히 선택해주세요.]

인식하자마자 곧장 녹아들며 사라지는 메시지창.

이내 강혁의 눈앞에 떠오른 것은 스즈의 스킬창이었다.

-공유 가능한 보유 스킬(스즈)-

1. [잠행술(패시브)]

2. [독 함정(액티브)]

3. [암습(액티브)]

4. [다중 분신술(액티브)]

스즈에게 들었던 것처럼 총 네 가지의 스킬이었다.

그 중 3개의 경우는 강혁 역시도 함께 의뢰를 해결하거나 하면서 곁눈질로나마 몇 번이고 본 적이 있던 스킬들.

'잠행술은 기척 자체를 줄이는 기술이지. 어두운 곳이나 은폐물 뒤로 숨으면 은신이 되는 효과도 있고.'

스즈의 직업이 닌자로 변하면서 생긴 첫 번째의 스킬이
자 기본 스킬.

처음에는 그다지 효과를 체감할 수 없었지만 숙련도가
쌓일수록 그 능력이 비약적으로 향상되는 타입의 스킬이었
다.

오죽하면 강혁 역시도 스즈와 함께 걷다 보면 바로 옆에
서 걷고 있음에도 불구하고 어떨 때는 그녀의 기척을 잃어
버리고는 하니까 말이다.

'위험한 장소로 간다고 하면 단연코 1순위의 스킬이라고
할 수 있겠지.'

강혁은 곧장 잠행술 스킬을 선택했다.

"…!"

선택과 동시에 눈앞이 번쩍였다. 흐릿한 시야를 다시금
고정하자 얼떨떨한 스즈의 얼굴이 보인다. 표정만 보아서
는 아무런 변화를 느끼지 못한 듯한 얼굴이다.

하지만 강혁은 곧장 변화를 알아챌 수 있었다.

'이런 느낌이군.'

스킬 잠행술의 효과가 즉각적으로 시행되고 있었기 때문
이었다.

스스로의 존재감이 흐릿해진 것 같으면서도 묘하게 주변
의 공간과 단절이 된 것만 같은 기분이었다.

'좋아, 그럼 이제 남은 것들도 진행해야겠군.'

강혁은 곧장 스킬 탭에서 나머지 스킬들에도 역시 스크

롤을 사용했다.

선택한 스킬은 독 함정과 암습 스킬로서 다중 분신술의 경우는 숙련도가 거의 제로에 가까워서 그 효과가 미비할 수도 있기에 제외했다.

'확실히 나쁜 조합은 아니네.'

독 함정 스킬은 별다른 도구가 없어도 특정 문양을 바닥이나 벽에 심음으로써 각종 독을 발산시키는 함정을 만드는 스킬이었으며, 암습의 경우 상대가 눈치 채지 못했을 때에 상대의 후방에서 성공시킨 공격이 치명상 이상의 효과를 낼 수 있게 하는 스킬이었다.

"다 된 거예요?"

"응. 대강은."

강혁이 바쁘게 움직이던 손을 거두자 스즈가 걱정 어린 눈으로 물어온다. 대충 답해준 강혁은 새롭게 생성된 공유 스킬 목록을 훑어 스킬들을 확인하고는 바닥으로 독 함정의 문양을 새겨보았다.

스스스-

손끝의 움직임에 따라 녹색의 빛이 문양을 이루며 멈추었다가 이내 바닥으로 녹아들 듯 투명하게 사라진다.

"되네요."

"그래."

독 함정 스킬의 발동을 확인한 강혁은 바닥 위로 손바닥을 비벼 문양을 지워냈다.

독 함정 스킬의 발동까지 확인해봤으니 굳이 암습까지는 확인할 필요도 없으리라. 어차피 여기에는 따로 시험해볼 수 있을만한 대상도 없고 말이다.

"슬슬 가봐야겠군."

"벌써요? 좀 더 있다가 가면 안 돼요?"

효력을 잃고 쓸모없이 종잇조각이 된 스크롤들을 쓰레기통으로 던져 넣은 강혁이 침대 쪽을 향해 걸음을 옮기자 스즈가 짐짓 아쉬운 투로 물어온다.

그동안 함께 의뢰를 하며 보낸 시간들이 각별했던 탓일까.

스즈는 요즘 필요 이상으로 애정표현을 해오는 경우가 많았다.

'하긴 유대가 99퍼센트던가?'

지난번 닌자 승급 이후로 96%(경애)까지 올랐던 유대는 이후 조금씩 떨어지며 다시 80퍼센트 대까지 떨어지는가 싶더니 의뢰를 함께 하며 다시 쌓이면서 끝내 99%(맹목)의 단계에 도달했다.

단 1%만을 남기고서 그 이상은 오르지 않아서 조금은 아쉬운 감이 들긴 했지만 단순히 등을 맡길 수 있을 만한 동료라는 개념으로서는 충분하고도 남을 만큼의 유대였다.

"걱정 마. 금방 돌아올 테니까."

"…진짜요?"

"진짜."

결국 몇 번이고 달래는 말을 해주고 나서야 물러서는 스
즈였다.

추종자의 입장에 있는 이상 마스터의 안위를 걱정하는
거야 당연한 일이었지만 확실히 최근의 그녀는 필요 이상
으로 파고드는 감이 있었다.

"그럼…."

강혁은 다시 침대로 가서 천천히 등을 기대고 누웠다.

그새 등급을 업그레이드 시킨 침대의 푹신한 쿠션감이
척추를 녹여낼 정도로 부드럽게 온 몸을 감싸 온다.

잠을 청하고 싶을 만큼 파괴적인 안락감이었다.

애써 유혹을 떨쳐낸 강혁은 누운 채로 의뢰 창을 열었다.

의뢰 창에는 단 하나의 미션만이 떠올라 있었다.

〈〈강제 미션: 누군가의 악몽(SS등급)〉〉

-한 달 내에 미션에 응하지 않으면 죽게 됩니다.

-플레이어의 레벨이나 스킬과는 무관하게 특정 존재에
빙의하게 됩니다.

다시 봐도 숨이 막힐 정도로 갑갑한 내용의 미션이다.

하지만 어쩌겠는가. 피할 수 도 없는 것을.

"후우."

가볍게 심호흡을 한 강혁은 곧장 손을 뻗어 강제 미션의
옆으로 배치된 〈돌입〉 버튼을 눌렀다.

[《《강제 미션: 누군가의 악몽(SS등급)》》으로 돌입하시겠습니까?(YES or NO)]

재차 떠오른 질문에 강혁은 망설임 없이 YES를 선택했다.

"헉!"

선택과 동시에 눈앞이 핑 돌며 모든 감각들이 빠르게 멀어지는 것과 같은 기분이 덮쳐든다.

세상이 온통 빙빙 돌고 있는데 그런 와중에 끝을 찾아보기 힘든 무저갱의 아래로 떨어지고 있는 것만 같은 기분.

그것은 마치 강혁이라는 존재 자체가 무너지는 듯한 감각이었다.

그리고……

"커흑!?"

마치 절규계 놀이기구를 탈 때와 같이 강력한 중력이 온몸을 눌러온다는 듯한 느낌이 들 즈음.

쿠르르릉–

"…!"

천둥 치는 소리와 함께 누군가의 기억들이 뇌리를 타고 빠르게 흘러들기 시작했다.

강혁의 것도, 사혁의 것도 아닌 전혀 다른 누군가의 기억.

그것은 앞의 두 사람과 또 다른 세계에서 살아가고 있던 누군가의 기억이었다.

'…제이스?'

그 중 가장 먼저 떠오른 단어는 바로 본연의 이름.

제이스 캘러거.

"으음…."

이내 순서 없이 어지럽게 전달되기만 했던 기억들이 이름을 기준으로 차곡차곡 자신의 자리를 찾아간다.

그렇게 얼마의 시간이 지났을까?

복잡하던 머릿속이 안정을 찾고 나서야 강혁은 참아 왔던 숨을 길게 내쉬었다.

"후, 제길."

눈을 뜨자마자 비추어 지는 전혀 다른 세상의 전경에 강혁의 입가로 욕설이 머금어 졌다. 하지만 더 이상의 감상을 토하기도 전에 정리된 기억들이 다시금 줄을 지으며 각인되기 시작했다.

❖

제이스 캘러거.

올해로 32세인 그는 본래 평범한 작가였다.

별로 대단한 히트작을 낸 적은 없지만 그럭저럭 먹고 살만한 수준의 실력은 되는 평범하기 그지없는 작가.

그쯤 되면 극도로 인간관계가 좁은 폐인 행색의 남자가

방구석에만 처박혀서 글을 쓰고 있는 모습을 떠올리기 쉽지만 사실 그는 굳이 따지자면 아웃도어 타입의 인간이었다.

작품 활동을 마치고 공백이 생기면 꼭 시간을 내서 어디론가 여행을 떠나는 것이 그의 유일한 취미였으니까 말이다.

하지만,

그 날만큼은 스스로를 원망할 수밖에 없었다.

모든 것이 바로 그의 성향과 취미활동의 여파로 발생했기 때문이었다.

❖

"젠장."

기나긴 전송의 끝과 동시에 강혁은 욕설을 머금었다.

난이도를 봤을 때부터 어느 정도 예상하긴 했지만, 이번에는 자신이 처한 상황이 만만치가 않아 보였기 때문이었다.

평범한 작가였던 제이스는 다음 작품의 아이디어를 얻기 위해 미국 애리조나에 위치한 해변 마을을 찾았다.

쓰나미로 인해 많은 사람들이 죽었고, 이후 하나 둘씩 떠나 결국 버려져 폐허로 변한 마을이었다.

아는 사람들 사이에서는 유명한 심령 스폿으로도 유명한 장소.

애초에 유령 등의 존재에 대해 딱히 관심이 있는 건 아니었지만 분위기를 살피는 것만으로도 다음 작품을 쓰는 데에 도움이 되리라 생각했기에 택한 행보였다.

사실은 무엇보다도 안전해 보였기 때문이었다.

누군가 실종이 됐다거나 의문의 사고가 발생했다거나 하는 다른 장소들에 비해 해변 마을 블랙힐은 안전해 보였으니까.

블랙힐은 지금도 수많은 공포 매니아나 자칭 무속인이라 칭하는 이들이 자주 오가는 곳이었지만 여태까지 단 한 번도 불길한 일이 발생한 적이 없었다.

그래서 방심했던 건지도 몰랐다.

블랙힐까지 태워 주었던 인근 주민의 말을 무시한 것도 그 때문이었을 것이고.

[어두워지기 시작하면 절대로 마을에 남아 있어서는 안 되네.]

주민이 제이스를 내려준 뒤 트럭을 몰고 떠나며 건넸던 말이었다.

듣기만 해도 불길한 기운이 물씬 풍기는 대사.

하지만 제이스는 코웃음을 치며 그 말을 무시했었다.

그냥 처음 찾아오는 여행객에게 겁을 주기 위해 만들어 낸 말이라고 생각했기 때문이었다.

실제로 찾아오기 전 조사 단계로 뒤져 보았던 영상들에는 블랙힐의 밤거리를 찍은 장면들이 상당히 많았다.

정말 뭔가가 있는 거라면 그런 영상들이 찍혔을 리도 없지 않겠는가.

그런 마음과 함께 제이스는 낮의 블랙힐을 헤매며 사진을 찍고 곳곳을 탐사하며 보내다가 끝내 밤의 시간이 올 때까지 마을을 벗어나지 못했다.

인근 주민의 경고를 무시하고 지옥의 한가운데에 남겨지고 말았던 것이다.

처음에는 별달리 이상한 점이 없었다.

밤이 되었으니만큼 낮에 비하면 한결 더 을씨년스러운 느낌이 들긴 했지만 그것은 어쨌든 느낌에 불과할 뿐인 이야기가 아닌가.

오히려 제이스는 진정한 모습을 드러낸 블랙힐의 전경에 기뻐하며 자리를 잡았다.

밤을 보내는 것에 대한 어려움은 없었다.

넷상에는 이미 블랙힐을 오갔던 팀들이 남긴 팁들이 가득했기 때문이었다.

해변에서 그리 멀리 떨어지지 않은 폐가.

물기를 먹어 삭았으면서도 그 형태는 그다지 변하지 않은 폐가로 들어선 제이스는 침낭을 깔고 등불을 매달았다.

뭐랄까. 그때는 고양된 기분이었다.

그런 야밤에 홀로 심령 스폿의 한가운데에 들어와 있으니 솜털이 바짝 서는 두려운 느낌과 함께 무엇이든 써질 것만 같은 기분이 들었던 것이다.

제이스는 흥분을 주체하지 못하고 등불 아래로 태블릿PC와 블루투스 키보드를 꺼내 놓고 글을 써 나가기 시작했다.

시작부터 막힘없이 술술 써 내려가는 글귀에서 이번 작품만큼은 대박을 칠지도 모른다는 근거 없는 기대감을 머금으면서 말이다.

그리고 바로 그때였다.

폐가 밖으로부터 누군가의 발소리가 들려온 것은.

'차라리 그때라도 입 닥치고 있었으면 이런 일에 빠지진 않았을 텐데 말이지.'

차례로 떠오르는 기억들에 강혁은 재차 욕설을 머금었다.

강혁의 생각과는 달리 제이스는 오히려 소리 높여 바깥의 이목을 끌고 말았다. 바깥만을 맴돌던 존재를 기어코 안쪽까지 들이고 말았던 것이다.

[거기 누구요?]

대답이 없자 제이스는 그 침묵을 참지 못하고 문을 열어젖혔지만 밖에는 아무도 없었다.

긴장으로 어깨가 뭉치고 솜털까지 바짝 솟아올랐지만 제이스는 애써 진정하며 조금 전까지의 일을 그저 바람 소리를 잘못 들은 것이라 자위하며 다시 문을 닫았다.

혹시나 해서 폐가 안을 샅샅이 뒤졌지만 발견한 거라고는 누군가가 버리고 간 쓰레기 더미와 낡고 먼지가 내려앉은 가구들 뿐.

겨우 안정을 찾은 제이스는 다시금 글을 써 나가기 시작했다. 두려운 마음이 들었던 만큼 더더욱 차기작인 공포 소설에 몰입할 수 있으리라 생각했던 것이다.

그렇게 얼마가 지났을까?

시간이 어떻게 지났는지도 모를 만큼 글을 쓰는 것에 몰두하던 제이스는 어느 순간 잠이 들고 말았다.

이후 자신에게 무슨 일이 닥쳐올지도 모르고서.

[허억!?]

어느 순간 잠에서 깨어났을 때 제이스는 경악을 머금을 수밖에 없었다. 잠시 동안 눈을 감았다가 뜬 것 같은데 눈앞의 전경이 완전히 달라져 있었던 것이다.

제이스가 눈을 뜬 곳은 달빛조차 없이 시커먼 어둠만이 가득한 망망대해의 한가운데에 떠 있는 뗏목의 위였다.

악몽을 꾸고 있다고 생각한 제이스는 꿈에서 깨어나기 위해서 스스로를 꼬집어보기도 하고 눈앞의 광경들을 부정해보기도 했지만 아무런 소용이 없었다.

그럴수록 어둠은 더욱 짙어지고 이따금씩 밀려오는 파도의 흐름들이 현실성을 더해갈 뿐이었다.

한없는 공포감에 사로잡힌 제이스는 비명을 지르며 도움을 요청해 봤지만 돌아오는 것은 오로지 침묵.

침묵뿐이었다.

그렇게.

마침내 그의 머릿속으로 포기라는 단어가 떠올랐을 때였다.

콰아아아아–

[으아아악–!]

잠잠하던 바다가 돌연 휘몰아치기 시작하며 소용돌이를 만들어내기 시작했다.

제이스는 한없는 공포와 함께 팔과 다리를 모두 이용해 뗏목을 밀어보려 했지만 얄팍하기 그지없는 그의 힘만으로는 역부족이었다.

결국.

뗏목은 소용돌이에 말려들고 말았다.

사납게 몰아치며 휘도는 소용돌이의 한가운데로 비치는 끝없는 나락으로 떨어져 내렸던 것이다.

떨어져 내리는 순간까지도 제이스는 이것이 꿈이라면 제발 깨어나기만을 빌었다.

"…한심하구만."

과정만을 보자면 경솔했던 작가 한 명이 미지의 힘에 이끌려 실종이 되고만 그저 그런 사건이었다.

뉴스로 다루어질 가능성도 없을뿐더러 혹시나 다루어지더라도 신문 끄트머리로 작게 [블랙 힐, 실종자 발생] 정도의 기사가 쓰여 질 뿐이리라.

하지만 강혁은 욕설을 머금는 것을 멈출 수가 없었다.

낙하와 함께 멀어져 가던 제이스의 의식 끝으로 플래시

백처럼 빠르게 스쳐간 장면들 때문이었다.

마치 편집된 공포영화의 예고편처럼 짤막하고 빠르게 스쳐간 장면들은 분명 누군가의 상념이었다.

소름이 끼치도록 강렬하고 현실감이 넘치는 상념.

그 상념 속에서 강혁은 여태까지와는 차원이 다른 거대한 존재감의 편린을 느꼈다.

"하긴… 그러니 SS등급씩이나 되는 거겠지."

한탄인지 푸념인지 모를 말을 내뱉으며 강혁은 자신이 깃든 몸의 상태를 확인했다.

[상태창]

이름: 제이스(빙의 중)

종족: 인간(만 31세)

직업: 작가

스킬: [상상력(패시브)], [침착함(패시브)]

※공유 스킬 사용가능(6일 23시간 47분)

〈스테이터스〉

근력: 8

체력: 6

순발력: 5

정신력: 10

예상대로 제이스의 상태창은 처참했다.

그럭저럭 근력과 정신력은 쓸 만한 수준이었지만 작가라는 직업적 특성 때문인지 체력과 순발력은 그야말로 최악을 달리고 있었던 것이다.

'그나마 공유 스킬이 잘 유지되어서 다행이군.'

제이스 본연의 것으로 주어진 두 가지 스킬의 아래에는 공유 스킬이 주어져 있다는 글귀와 함께 남아 있는 유지 기간이 실시간으로 줄어들고 있었다.

"자, 그럼….”

한숨과 함께 체크를 끝마친 강혁이 주변을 둘러보았다.

주변은 온통 진흙이었다.

제이스로서 정신을 잃기 전에 마주한 적이 있던 망망대해의 모습과 맞먹을 만큼 한없이 펼쳐진 진흙지대의 한 가운데에서 깨어난 것이다.

흉측하리만큼 검고 끈적끈적한 진흙이었다.

그나마 뗏목 위에서 깨어났다는 것이 다행이라 여겨질 정도로 역겨운 진흙.

"참 멋진 광경이야, 그렇지?"

누구에게 하는 것인지도 모를 말을 늘어놓으며 강혁은 고개를 절레절레 흔들었다.

움직일 때마다 코끝으로 시체가 썩는 냄새들이 이따금씩 파고들어 왔지만 강혁은 애써 그것들을 무시하고는 침착하게 주변을 살폈다.

"내 인생 최고로 역겨운 순간이군."

나름대로 산전수전 다 겪었다고 하는 강혁으로서도 진흙지대가 주는 역겨움만큼은 긍정적으로 생각할 수 없었다.

진흙지대의 곳곳으로 떠오른 물고기들의 시체나 본연의 정체조차 의문스러운 크고 작은 뼈들의 모습이야 그렇다쳐도 마비기능마저 뚫고 들어오는 악취만큼은 버틸 길이 없었다.

"빨리 여길 벗어나야겠어."

다행히 둘러보던 시선의 끝으로 건물처럼 보이는 희미한 실루엣을 발견할 수 있었다.

다시 근방을 둘러보던 강혁은 뗏목 바로 옆에 있던 부서진 뼛조각을 뽑아들어 이미 반쯤은 파손되어 있던 뗏목의 일부를 박살내어 적당한 크기로 다듬었다.

겉보기에도 끈적끈적해 보이는 진흙 지대의 위로 맨 다리를 놓고 싶지 않았던 것이다.

다행히 나무판자와 신발을 고정시킬 끈은 찢어진 돛의 천 조각들만으로 충분했기 때문에 굳이 멀쩡한 옷을 벗어서 찢어낸다던가 하는 선택지를 택할 필요는 없었다.

"됐군."

간단하게나마 판자 신발과 지팡이를 만들어낸 강혁은 곧장 뗏목에서 내려 건물의 실루엣이 보이는 방향으로 나아가기 시작했다.

혹시나 이 끝없는 시체 진흙 지대 속에서 뭔가 흉측스러운 괴물이라도 나오는 게 아닌가 걱정했지만 다행스럽게도 그런 일이 벌어지지는 않았다.

그렇게 얼마나 걸었을까.

일견 가까워보였던 실루엣은 생각보다 먼 거리에 있었다.

대충 체감해보아도 족히 3시간은 넘도록 걷고 나서야 겨우 실루엣만이 비치던 건물의 원형이 희미하게나마 보이기 시작했으니까 말이다.

"후, 제길! 숨 넘어 가겠군."

강혁은 이제 땀범벅이 되어 있었다.

근성으로 어떻게든 쉬지 않고 오긴 했지만 지금의 몸뚱이가 지닌 스텟으로는 고작 이 정도만의 노동도 버텨내기가 쉽지 않은 것이다.

"허억… 후우…."

참아보려고 해도 계속해서 치솟는 호흡을 억지로 내리누르며 강혁은 열기로 벌게진 얼굴로 마침내 도달한 건물을 응시했다.

"…음?"

강혁은 문득 기이한 느낌에 사로잡혔다.

마치 지금 겪고 있는 상황을 전에도 겪어본 적이 있는 것만 같은 기분. 그것은 기시감이었다.

"아!"

얼마 지나지 않아 강혁은 기시감의 정체에 대해 알아챌 수 있었다. 강혁 본연의 기억은 아니지만 몸의 주인인 제이스는 분명 지금의 상황에 똑같이 처한 적이 있었던 것이다.

'분명 블랙빌에서 밤이 오기 전 돌아보았던 마을의 전경 중에서 이런 건물이 있었어.'

그때의 기억 속에 남겨진 건물의 모습은 낡고 삭아버린 데다가 여기저기 심하게 파손되어 있기까지 해서 지금 눈앞에 보이는 모습과 비교할 수는 없었지만 분명 같은 건물이었다.

무엇보다 한눈에 들어올 만큼 작은 블랙빌의 전경 속에서도 유독 눈에 들어올 만큼 커다란 건물이었던 것이다.

게다가 이런 독특한 건물의 양식은 쉽게 잊을 수가 없다.

"마치 교회 같군."

낡거나 파손되지 않은 원형의 모습을 보니 당시에 품었던 감상으로 확신이 들었다.

십자가 같은 것이 매달려 있는 것은 아니지만 분명 눈앞의 건물은 사람들이 모이고 일 수 있는 교회의 구조물과 닮아 있었다.

"나한테는 던전의 입구 같은 건가."

강혁은 푸념과 함께 커다란 나무문의 앞으로 다가섰다.

그 넓은 진흙지대의 끝으로 유일하게 보이던 장소가 바로 이곳이었다.

한데 도달하고 보니 진흙지대의 끝과 함께 이어지는 모래사장의 끝으로 이어진 지면 위로 유일하게 세워져 있는 구조물이 블랙빌에서 본 적이 있던 집이라니…. 너무나도 공교롭지 않은가.

"하아… 가야겠지."

왠지 발걸음이 잘 떨어지지 않았지만 강혁은 여태껏 끌고 왔던 판자들을 풀어버리고는 문을 향해 손을 얹었다.

끼이이이…

별로 힘을 주지도 않았는데 저절로 밀리며 열리는 문.

을씨년스러운 경첩의 소리와 함께 시커먼 어둠 속에 갇힌 건물의 내부가 드러났다.

그리고….

"그래, 그럼 그렇지!"

이어서 떠오른 메시지창의 글귀에 강혁이 탄성인지 한탄인지 모를 소리와 함께 혀를 찼다.

톱스타의 킬링필드

Hell is coming

chapter 2. 악몽의 시작점

Hell is coming

chapter 2. 악몽의 시작점

[시험(1): 어둠의 추적]

–어둠이 당신을 쫓고 있습니다. 붙잡히기 전에 숨으세요.

–교회 건물 어딘가에는 분명 숨을 곳이 있을지도 모릅니다.

(조언: 등잔 밑이 어두운 법입니다.)

아나 다를까 빌어먹을 시험이 시작됐다.

거지같은 카운트 역시도 말이다.

[남은 시간: 9초….]

강혁은 욕설과 함께 재빨리 교회 건물의 내부를 둘러봤다.

주어진 시간이 생각보다 훨씬 더 촉박했기 때문이었
다.

'미친 빌어먹을 시스템 새끼!'

누구에게 하는지도 모를 욕설을 머금으며 교회 내부를
빠르게 훑어보던 강혁은 이내 어떤 장소를 발견하고는 재
빨리 내달렸다.

남은 시간은 이제 불과 4초가량.

끼이익- 덜컥!

문이 열리는 소리가 생각보다 더 크게 울린다는 것을 의
식할 틈도 없이 강혁은 좁은 공간으로 들어가 다시 문을 닫
았다.

들어온 장소는 불과 한 사람이 들어가면 꽉 찰 정도로 좁
디좁은 공간이었다.

공간의 한쪽 벽면으로는 건너편을 볼 수 없는 검은색의
촘촘한 망이 쳐져 있다.

급한 데로 회개실을 은신 장소로 택한 것이다.

[남은 시간: 2초….]

어느새 코앞까지 닥쳐온 카운트를 확인한 강혁은 최대한
호흡을 가다듬었다. 혹여나 라도 큰 숨이 새어 기척을 흘리
지 않도록 말이다.

그리고,

마침내 카운트의 숫자가 0을 가리켰을 때였다.

콰앙-

굳게 닫혀있던 교회의 문이 부서질 듯 양옆으로 튕겨나며 사이한 기세가 어둠에 잠긴 교회의 내부로 급격히 뻗어들어왔다.

'후, 제길….'

호흡을 멈춘 채 강혁은 이를 악물었다.

언뜻 느껴지는 기세만으로도 교회에 나타난 존재가 만만치 않은 존재라는 것을 깨달을 수 있었기 때문이었다.

'여기서 걸렸다가는 백퍼센트 죽음이군.'

지금의 강혁에게 있어서 문 밖의 존재는 도망이라는 선택지를 택할 수조차 없을 만큼 압도적인 적이었다.

샤아아아…

어디서부터 시작되었는지 모를 어둠이 기분 나쁜 소리를 내며 뻗어 나와 교회 내부를 통째로 훑는다.

"…!"

의자가 잔뜩 깔린 홀과 단상을 비롯한 공간 전체를 뒤덮고도 모자라 회개실 안쪽까지 스멀스멀 연기가 새어들고 있었다.

마치 살아있는 생물이라도 된 것처럼 꿈틀대며 안으로 파고드는 검은 연기의 모습에 강혁은 최대한 구석으로 몸을 붙이며 두 손으로 코와 입을 틀어막았다.

여기서 단 1초라도 숨을 쉬었다가는 그대로 발각 될 것 같은 느낌이 들었기 때문이었다.

샤아아아…

다행히 연기는 회개실의 절반 정도까지 만을 뻗어 나와 일렁거리다 다시 밖으로 새어 나갔다. 구석진 곳의 모서리로 바싹 붙지 않았다면 충분히 걸리고도 남았을 거리였다.

[네놈이 어디 숨어있는지 다 알고 있어.]

"...!"

살짝이나마 안도를 머금는 순간 들려오는 목소리.

바로 귓가에서 속삭이는 듯한 누군가의 목소리에 강혁은 등골이 싸늘해져 옴을 느꼈다.

'설마 들킨 건가!?'

하지만 강혁은 불안을 머금으면서도 끝까지 숨을 내쉬지 않았다.

그렇게 약 10여 초가 지났을 때였다.

[아무래도 달아난 모양이군. 쥐새끼 같은 놈!]

침묵을 지키고 있던 목소리가 다시금 귓가로 울렸다.

아무래도 들키지는 않은 모양이었다.

[하지만 결국 네놈이 달아날 수 있는 곳은 아무데도 없어.]

슈아아아…

존재는 마치 강혁이 듣고 있는 것을 알고 있기라도 한 것처럼 경고의 말을 뱉은 후 뻗어냈던 연기를 다시금 회수했다.

그렇게 다시 1분여가 지났을까?

"……?"

어느 순간 교회 전체를 점거하던 존재감이 씻은 듯이 사라져 있었다.

"스읍, 후우우…."

최후의 최후까지 눈치를 보던 강혁은 어둠이 사라졌다는 확신이 들자 그제야 참아왔던 숨을 토해냈다. 그나마도 최대한 소리를 죽여 억제한 호흡이었다.

끼익―

살짝 문을 열어 밖을 살펴봤지만 달라진 것은 아무 것도 없었다.

마치 방금 전까지 휘돌던 존재감과 연기들이 거짓말이었던 것처럼 교회는 처음에 봤던 그대로의 모습으로 보존되어 있었다.

'아무래도 정말 가버린 모양이군.'

고개를 끄덕인 강혁은 그제야 회개실 밖으로 빠져나왔다.

그렇게 안도의 한숨을 내쉬며 긴장으로 거칠어진 숨을 고르고 있을 때였다.

[시험(2): 관찰력 테스트]

―교회의 내부를 탐사하여 비밀을 밝혀내세요.

―블랙빌의 교회는 어두운 비밀을 숨기고 있습니다. 자세히 본다면 단서를 찾아낼 수 있을지도 모릅니다.

(조언: 눈에 보이는 것만을 믿지 마세요.)

쉴 틈도 없이 두 번째의 시험의 메시지창이 떠올랐다.

그나마 다행이라면 이번에는 카운트가 생성되지 않았다.

"비밀 통로라도 숨겨져 있는 모양이군."

이제는 척하면 척이었다.

강혁은 단번에 시험에 담겨진 취지를 파악하고는 좀 전과는 다른 의미로 교회 내부를 샅샅이 훑기 시작했다.

그리고 얼마 지나지 않아 강혁은 첫 번째의 이상점을 발견할 수 있었다.

"역십자인가."

아마도 신부 혹은 목사가 설교를 하는 장소로 보이는 단상의 뒤편 벽에는 커다란 목제 십자가가 매달려 있었다.

문제는 그것이 거꾸로 매달려 있었다는 점이었다.

기독교나 천주교 등에서 역십자는 악마를 뜻했다.

"일단 대강 블랙빌에 처했던 문제가 뭔지는 알 것 같군."

일반적인 의미에서 역십자를 사용하고 있다는 것은 단순히 악마 숭배를 하고 있다는 정도의 이야기가 아니었다.

더군다나 이런 식으로 번듯한 교회까지 지어놓고 마을 하나를 통째로 아우르고 있었다면 그것은 단순히 악마를 믿는 집단이 아니라 새로운 하나의 신을 숭배하는 사이비 종교가 되는 것이다.

지금의 공간이 제이스가 살아가던 세상의 현실을 기준으로 한다면……

'블랙빌은 사이비 소굴이었겠어.'

강혁은 낮게 혀를 차며 교회 곳곳을 좀 더 자세히 훑어보았다. 그러자 곳곳으로 숨겨진 사이비 교단의 흔적들이 드러나기 시작했다.

벽면의 판화로 깃털 대신 박쥐 날개를 매단 존재가 그려져 있다거나, 바닥으로 희미하게 새겨진 실선들이 위에서 내려다보면 역 오망성의 모습이 된다던가 하는 것들 말이다.

"이만하면 문제가 뭔지는 파악했는데 말이지."

블랙빌의 교회가 지닌 비밀이 무언지에 대해서는 파악할 수 있었지만 아무리 더 수색을 해도 비밀 통로 같은 것은 발견되지 않았다.

시험 역시도 완료되지 않았고 말이다.

'뭐지? 뭘 놓치고 있는 걸까?'

그렇게 벽에 부딪힌 강혁이 교회의 중심에 선 채로 상념에 빠져들고 있을 때였다.

휘이이이…

돌연 열려진 교회 문을 통해 축축한 바람이 악취와 함께 몰려 들어왔다. 다시금 맡게 된 악취에 강혁은 코를 틀어막으며 인상을 찌푸렸다.

그리고는 문을 닫기 위해 무심코 뒤돌아섰을 때였다.

"…음?"

돌아서자마자 강혁은 뭔가 기묘한 느낌을 받았다.

마치 안과 밖이 뒤바뀐 것만 같은 느낌이 들었던 것이다.

일반적인 건물들이 안과 밖에 대한 구분을 확실히 하는 것과 달리 블랙빌 교회의 문 주변은 안과 밖에 동일한 모습을 이루고 있었다.

"설마…."

강혁은 긴가민가하면서도 문으로부터 멀어져 단상까지 올라갔다. 그리고 이내 설교대의 앞에 서서 좀 더 넓은 시선으로 문 쪽을 응시하던 강혁은 실소를 머금고 말았다.

열려진 문의 반대편으로 어느새 아래로 통하는 계단이 생성되어 있었기 때문이었다.

따로 뒤져볼 것도 없이 돌아서서 나가기만 하면 곧장 발견할 수 있을 만큼 지하 계단은 노골적으로 생성되어 있었다.

들어올 때까지만 해도 계단을 본 적은 없으니 분명 문이 열려진 방향에 따라 작동하는 기관장치 같은 것이리라.

'내가 들어올 때에도 기관은 작동하지 않았었으니… 아마도 열려진 문의 각도 혹은 두 개의 문이 동시에 열리는 것이 조건이겠군.'

발견한 단서를 통해 간과했던 사실들을 유추해낸 강혁은 그대로 걸음을 옮겨 지하 계단의 앞에 섰다.

[첫 번째 분기를 넘기셨습니다.]

[이제 좀 더 깊고 어두운 진실을 향해 나아가세요.]

계단의 앞에 서자 기다렸다는 듯 분기가 클리어 되었다는 메시지가 떠올랐다.

아마 다음번의 시험이 떠오르는 것은 이 계단을 내려가고 나서가 될 터.

"이제부터가 진짜이겠군."

겨우 발끝만이 겨우 비추어져 보일 정도로 어두컴컴한 지하 계단의 모습 때문일까.

강혁은 긴장으로 어깨가 저절로 뭉치는 것을 느꼈다.

강혁은 어깨를 주무르고 목을 돌려 애써 긴장을 풀어내고 나서야 잠깐 물러섰던 계단의 앞으로 다시금 다가섰다.

곧이어 찾아들 희생양을 마중이라도 하듯 지하로 갇혀있던 퀴퀴한 공기가 돌풍과 함께 바깥으로 몰려나왔다.

"일단은 무기 같은 거라도 있으면 좋을 텐데 말이지……."

하지만 아무리 돌아보아도 주변에 무기로 쓸 만한 물건 같은 것은 보이지 않았다.

결국 고개를 절레절레 흔든 강혁은 포기의 한숨을 내쉬고는 계단을 향해 발을 내려놓았다.

❖

저벅저벅―

어둠 속에 발소리만이 크게 울린다.

아치형으로 구성된 계단은 생각보다 훨씬 길게 이어졌다.

'얼마나 더 내려갈 셈이지?'

한 점의 빛도 없는 어둠 탓에 발걸음이 더뎌졌던 것을 고려해도 계단을 내려가기 시작한지 벌써 30분 째였다.

이 쯤 되면 못해도 지하 20층 정도는 내려왔을 터.

하지만 여전히 계단은 끝을 보여주지 않고 있었다.

"망할, 이렇게 길게 뚫어놓을 거면 중간 중간 횃불이라도 걸어 놓을 것이지."

씨알도 먹히지 않을 불만을 토하며 강혁은 좁은 벽면을 짚고 계속해서 계단을 내려갔다. 그렇게 10분은 더 내려가고 나서야 강혁은 마침내 끝을 마주할 수 있었다.

화르륵─

그 토록이나 고대했던 횃불이 밝히는 좁은 공터로 도달할 수 있었던 것이다.

공터의 정면으로는 여태까지의 분위기와는 확연히 다른 현대식 엘리베이터의 문이 일렁이는 횃불의 움직임에 따라 금색의 빛을 반사시키고 있었다.

"여기까지 와서 또 내려가는 거냐……."

강혁은 지긋지긋하다는 표정을 지으면서도 엘리베이터의 앞으로 가서 섰다.

아래쪽 화살표(▽) 모양 밖에는 없는 버튼을 누르자 곧장 금빛의 문이 열리며 새하얀 형광등 불빛으로 가득한 내부가 드러났다.

'들어가는 게 맞는 거겠지?'

묘하게 불길한 예감이 들었지만 강혁은 애써 감을 무시하고는 엘리베이터 안으로 발을 들여 놓았다. 그리고는 내려갈 층수를 택하기 위해 돌아섰을 때였다.

[애애애애애앵-!]

"크하악!"

시끄러운 사이렌 소리와 함께 지독한 통증이 머릿속을 헤집기 시작했다.

지이잉- 철컥-

그와 동시에 엘리베이터의 문이 저절로 닫혀졌다.

그리고 다음 순간이었다.

번- 쩌억-!

안구를 태울 것만 같이 밝은 흰색의 빛이 엘리베이터 전체를 가득 채우며 주변 모든 것을 집어삼켰다.

"끄아아아아!"

저도 모르게 스스로의 머리칼을 쥐어뜯며 토해내기 시작한 강혁의 비명성까지도 말이다.

"……아아아아!

한번 시작된 비명은 끝없이 메아리치면 강혁의 머릿속을 더욱 크게 울렸다.

그리고 마치 억겁과도 같던 수초가 지났다.

"헉, 흐윽, 흐으으…?"

수없이 반복되어 재생성 되는 서라운드 시스템의 중심에 틀어박히기라도 한 것처럼 머리를 움켜쥔 채 절규하던 강혁은 어느 순간 모든 소음들이 사라졌음을 깨달았다.

시끄럽게 울리던 사이렌 소리도.

반사되어 울리던 스스로의 비명소리도.

모두가 사라져 있었던 것이다.

"……."

그리고 조심스럽게 뜬 시야에 비추어진 것은 역시나 전혀 다른 세상의 전경이었다.

휘이이이…

찢겨진 커튼이 눅눅한 바람에 스쳐 흔들린다.

지저분한 매트 위에서 깨어난 강혁은 차분히 주변의 전경을 둘러보다가 삐걱대는 몸을 일으켰다.

"일단은 도시인 것 같군."

찢어진 커튼이 휘날리는 창가로 다가서 밖을 내다보자 현대식 건물들이 밀집된 채 늘어서 있는 모습이 보였다.

무슨 일이 있었던 건지 온통 금이 가고 이끼나 곰팡이들로 잔뜩 뒤덮여진 건물들.

도로는 가뭄을 맞이한 밭의 그것처럼 쫙쫙 갈라져 있었으며, 갈라진 길목의 곳곳에는 부서지거나 멈추어진 차량들이 아무렇게나 방치되어 있었다.

갈라진 도로도, 버려진 차량들도 온통 녹이 슬거나 이끼에 덮여진 모습이었다.

"기분 나쁜 공기야."

숨을 들이켜 바깥의 무거운 공기를 들이켠 강혁은 미간을 찌푸렸다. 언젠가 맞이했던 상황처럼 안개가 자욱한 것도 아닌데 공기 속으로 습기가 가득했던 것이다.

불어오는 바람으로는 희미하게나마 바다 특유의 짠내 같은 것이 느껴졌다.

'바다 근처 도시 정도라고 가정하면 되는 건가.'

빠르게 주어진 환경에 대한 평가를 내린 강혁은 우선적으로 주변을 둘러보았다.

이후 무슨 임무가 주어질지는 모르겠지만 어떻게든 살아남으려면 기본적인 무기나 생존 도구 정도는 찾아두는 편이 좋을 테니까.

"음?"

강혁은 어렵지 않게 무기가 될 만한 것을 찾을 수 있었다.

깨어난 방을 벗어나 거실로 나아가자 먼지가 쌓인 테이블의 위로 무려 총이 놓여 있었기 때문이었다.

"샷건인가."

테이블 위에 놓인 총은 꽤나 긴 역사가 느껴지는 더블 배럴 방식의 구형 샷건이었다.

비록 잔탄 수가 적고 장전 방식에 있어서는 번거롭다는 문제점이 있지만 파괴력이나 안정성 면에서는 썩 나쁘지 않은 총이었다.

고전 명작 FPS게임 둠에서는 슈퍼 샷건이라는 이름으로 한 번에 두발의 총알을 동시에 발사하는 방식으로 수많은 악마들의 머리통을 날려버리지 않았던가.

물론 현실에서조차 그랬다가는 금세 위기에 처하게 될 테지만 말이다.

"탄환은 6발인가. 턱없이 부족하군."

이미 장전되어 있던 2발의 탄환과 샷건의 옆에 놓여 있던 탄환의 숫자까지 모두 확인한 강혁은 혀를 차며 샷건을 들어올렸다.

그리고는 여분의 탄환들마저 집어서 주머니 속으로 넣고 났을 때였다.

[시험(3): 이방인의 자격]

-악몽의 주민들이 침입자를 인식했습니다. 그들로부터 살아남으세요.

-추적자가 당신이 깨어난 장소로 오고 있으니 빠르게 도망을 치세요. 서두른다면 들키지 않고 살아나갈 수 있을지도 모릅니다.

(조언: 때로는 침착함이 가장 큰 무기가 될 수 있습니다.)

기다렸다는 듯이 떠오르는 메시지창.

뒤를 이어 빌어먹을 카운트 역시도 생성되었다.

[남은 시간: 29초….]

주어진 시간은 고작 30초 정도.

하지만 강혁은 조언에 쓰인 글귀를 떠올리며 침착하게

주변을 돌아보았다.

혹시나 더 챙겨갈 것이 있을까 싶었지만 안타깝게도 더블 배럴 샷건 외에 따로 챙겨갈 수 있을만한 물건은 보이지 않았다.

'그럼 이제 남은 건 여기서 어떻게 튀는가 하는 건데….'

언뜻 확인한 건물의 높이는 5층 정도였다.

창밖으로 뛰어내리기도 적당하지 않으며 계단을 타고 내려간다고 해도 꽤나 시간이 걸리는 위치였다.

'…아래를 향해 내려간다면 말이지.'

문득 떠오른 생각에 강혁은 다시 창가로 다가가 고개를 내밀어 위쪽을 살폈다. 건물의 최대 층수와 주변 건물들과의 거리를 확인하기 위해서였다.

"역시!"

다행스럽게도 건물은 6층까지 밖에 없었다.

한 층만 더 지나치면 곧장 옥상에 닿을 수 있다는 뜻이다.

"이제부턴 서둘러야겠군."

생각을 결정한 강혁은 곧장 문을 열고 밖으로 나섰다.

적막만이 가득한 복도로는 여기저기 말라붙은 피의 흔적들이 배여 있었다.

모든 참상에 남겨졌을 시체들은 어디로 갔을까 하는 생각이 들었지만 강혁은 애써 잡생각을 지워버리고는 곧장 계단을 올랐다.

타다닥―

발소리가 크게 울린다.

[남은 시간: 13초….]

곧장 위층으로 향하는 계단이 부서진 가구나 잡동사니들로 막혀 있었기에 다소 시간을 지체한 강혁은 카운트가 절반 이하로 떨어진 시점에서야 겨우 옥상의 문앞에 도달할수 있었다.

철컥철컥―

"잠겼군."

예상은 했지만 옥상의 문은 굳게 닫혀 있었다.

하지만 걱정은 없었다.

'나한테는 이게 있으니까.'

강혁은 한발자국 물러서서 더블 배럴 샷건의 총구를 옥상 문의 손잡이로 조준했다.

타앙―!

커다란 총성과 함께 묵직한 반동이 어깻죽지를 때린다.

동시에 산탄에 휘말린 손잡이가 부서져 튀어 오르는 것을 확인한 강혁은 샷건의 위력에 만족하며 문으로 어깨를 들이밀었다.

끼이이익―

오랫동안 방치된 녹슨 경첩이 비명을 질러대는 것을 들으며 옥상으로 들어선 강혁은 곧장 탄환을 꺼내서 새롭게 장전했다.

이로서 이제 남은 탄환의 개수는 총 5발 밖에는 남지 않았지만 쓰임에 후회는 없었다.

"여긴 제법 쓸 만하겠군."

옥상으로는 버려진 텐트와 함께 사람이 살았던 흔적들이 곳곳에 남겨져 있었다. 줄에 걸린 옷가지라거나 빈 포장지만이 남은 음식물 같은 것들 말이다.

'여성이었던 것 같군.'

줄에 걸려있는 옷의 종류나 속옷들을 볼 때에 옥상에 머물렀던 생존자는 분명 여자였을 것이었다.

정황으로 보자면 아래서 몰려드는 무언가의 존재를 피해 옥상으로 달아나는 데까지는 성공했지만 오래 버틸 수 있는 준비 같은 것은 하지 못 했던 것처럼 보였다.

제대로 옥상에서 농성하고자 했다면 최소한 문 앞에 만약을 대비한 바리케이드 정도는 쳐져 있었을 테니까.

6층으로 향하는 계단이 막혀있었던 것으로 보아 아마도 이전에 이곳에 머물렀던 사람 혹은 사람들은 6층을 생활공간으로 쓰다가 들켰던 것 같았다.

6층 복도 곳곳으로 찢겨지거나 뭉개진 시체들이 즐비했었으니까.

"아무튼 잘 됐군."

전에 옥상에 머무르던 사람이 어디로 갔는지는 알 수 없었지만 버려진 텐트의 안으로는 적당한 크기의 배낭과 함께 몇 가지 생존 용품들이 놓여 있었다.

LED랜턴이라던가 라이터 같은 것들 말이다.

가방 속에는 음식물 캔과 초코바 같은 것들을 비롯해 개봉되지 않은 물통까지 있었기에 앞을 헤쳐 나가야 하는 강혁에게 있어서는 커다란 선물이었다.

[남은 시간: 4초….]

이것저것 습득하고 나니 카운트가 어느새 코앞까지 다가와 있었다.

"그럼 가볼까?"

옥상으로 오르기 전부터 어느 방향으로 가야할지에 대해서는 생각해둔 상태였다. 창문을 통해 건물의 높이를 파악하며 옆으로 인접한 건물의 높이까지 파악해두었기 때문이었다.

'거리도 적당하고 높이도 나쁘지 않네.'

건물과 건물간의 거리는 약 2미터 정도로 보였다.

건물간의 높이 차이는 약 1.5층 정도로 딱 부상을 입지 않을만한 수준의 높이였다.

휘이이이-

보통 사람이 보았다가는 즉시 오금이 저려올 만큼 아찔한 전경이 발아래로 놓여 있었지만 강혁은 잠시 숨을 고르고는 즉시 옥상 밖으로 뛰었다.

"흐읍."

짧은 부유감이 지나치고 곧장 무거운 중력이 발목을 끌어당긴다. 하지만 그것은 이내 단단한 지면이라는 형태로 발아래에 와 닿았다.

다소 아슬아슬하긴 했지만 무사히 옆 건물의 옥상으로 착지할 수 있었던 것이다.

[남은 시간: 1초….]

그때가 딱 카운트가 끝나는 시점.

혹여나 벌어질지 모르는 불상사를 대비하며 강혁은 착지하는 즉시 달려가 근처의 엄폐물을 찾아 몸을 숨겼다.

"……."

그렇게 약 3초가 지났을까.

그워어어억—

떠나온 건물로부터 끔찍한 괴성이 울렸다.

그리고 그와 동시에.

콰아앙—

이미 부서져 있던 문짝을 아예 통째로 날려버리며 무언가의 실루엣이 옥상으로 들어섰다.

명백히 인간의 형태처럼 보이는 거구의 실루엣.

하지만 옥상의 난간으로 절반이나마 완전히 모습을 드러낸 '추적자'의 모습은 결코 인간이라고는 할 수 없어 보였다.

언뜻 가늠해 보아도 족히 2미터 50은 되어 보이는 키나 덩치는 둘째치고서라도 머리가 있어야 할 장소로 육각면체의 철괴가 매달려 있었기 때문이었다.

그 외에도 어깨나 팔뚝 같은 곳으로 괴상한 가시 같은

것들이 삐죽삐죽 솟아있는 존재는 파충류의 그것과 같은 피부층을 지니고 있었는데, 겉보기로는 알몸의 위로 검은 색의 가죽 앞치마만을 입은 것 같은 모습이었다.

"크르르륵…"

추적자는 분을 삭이듯 그르럭거리며 옥상을 샅샅이 훑는 것처럼 보였다. 하지만 주변을 꼼꼼히 뒤지고 텐트를 헤집 어 엎어 봐도 이미 건너간 강혁의 종적을 찾을 수 있을 리 는 없었다.

"크워어어억-!"

결국 분노를 참지 못한 추적자가 다시금 포효했다.

그리고 동시에.

기이이이잉-!

그의 손에 들린 무언가도 함께 울부짖었다.

'…미친!'

추적자의 손아귀로는 그 덩치와 어울리는 크기의 대형 전기톱이 들려 있었던 것이다.

아마 제한 시간 내에 건물을 벗어나지 못했거나 달아나 던 도중 놈과 마주치기라도 했더라면 아마도 저 잔혹한 톱 날에 휘말려 고깃덩이가 되고 말았을 터.

"후우, 제길."

강혁은 간담이 서늘해지는 것을 느끼며 천천히 엄폐물로 부터 물러나 추적자의 시야 사각으로 돌아 건물 내부로 들 어섰다.

"크와아아―!"

콰직― 키기기깅―

추적자는 분노에 휩싸여서 한동안 난리를 피워댈 것 같으니 이 틈에 조금이라도 더 거리를 벌리는 편이 좋으리라는 판단이었다.

그것을 온전한 탈주라고 판단했던 걸까.

[시험(4): 흔적]

―탈출하기 위해서는 이유를 찾아야 합니다.

―현실과는 다른 흔적들을 찾아내세요.

―첫 번째의 단서는 주머니 속의 쪽지에 있습니다.

(조언: 악몽의 주민들은 시각보다는 청각에 더 민감합니다.)

옥상을 내려와 첫 번째의 발걸음을 채 떼어놓기도 전에 새로운 메시지창이 떠올랐다.

다행히 카운트는 주어지지 않았다.

"젠장, 벌써 죽겠군."

내심 안도의 한숨을 머금으며 강혁은 곧장 주머니를 뒤졌다. 쪽지는 왼쪽 주머니로부터 찾을 수 있었다.

"이건… 지도인가?"

펜으로만 조잡하게 죽죽 그어져 있을 뿐이었지만 쪽지에 그려져 있는 것은 분명 지도였다. 비교적 지형에 대한 정보도 알아보기 쉽도록 적혀 있었고 말이다.

쪽지에는 〈START〉라는 단어의 위로 붉은색의 동그라미가 쳐져 있었으며 그곳으로부터 이어진 화살표가 특정 장소까지의 길목을 잇고 있었다.

'어디보자… 저기가 시작점이라고 치면 이대로 나가서 바로 꺾어 지르면 되겠군.'

지도를 통해 대강의 경로를 설정한 강혁은 곧장 계단을 내려갔다.

다행히 이번에는 시간제한 같은 것은 주어져 있지 않았지만 그렇다고 해서 시간을 끌어서 좋을 것은 없다는 것을 알기 때문이다.

"이걸로 될지는 모르겠다만……."

내려오는 길에 강혁은 무기로 쓸 만한 물건을 하나 더 습득할 수 있었다.

녹이 슨 쇠파이프였는데 근처에 버려져 있던 천 조각을 엮어서 나름 그럴싸한 무기로 탈바꿈시켰다.

아까 전 보았던 추적자의 모습을 보자면 이런 쇠파이프 따위로는 아무런 도움도 되지 않을 것 같지만……, 그래도 아예 없는 것 보단 나을 테니까.

"그나저나 여긴 대체 무슨 일이 있었던 거지?"

건물을 내려와 거리로 접어든 강혁은 자연스레 떠오르는 의문에 고개를 갸웃거렸다.

아무렇게나 방치된 건물이나 도로 등이 망가져 있는 거야 충분히 이해할 수 있는 부분이었지만 여기저기 피어난 곰팡이나 이끼 등은 아무래도 이해가 가질 않았다.

설령 근처로부터 바닷바람이 불어 닥치는 도시라고 해도 이렇게까지 심하게 삭아들거나 하는 일은 없기 때문이다.

'이건 마치 한번쯤 물에 잠겼던 것 같군.'

그러고 보면 여기저기 버려져 있던 쓰레기들이나 벽에 붙어있는 포스터들의 모습도 심상치 않았다.

폭우를 정통으로 맞고 난 뒤의 그것처럼 여기저기 눅눅하게 졸아든 것 같은 흔적들이 남겨져 있었던 것이다.

"뭐, 거기에 대한 건 조만간 알게 되겠지."

강혁은 호기심을 누르고 쪽지에 그려진 약도와 현실의 전경들을 대조하며 길을 찾는데 집중하기 시작했다.

그리고 강혁은 얼마 지나지 않아 목적한 장소로 도달할 수 있었다.

"여기인가."

혹시나 습격해올지 모르는 악몽의 주민들에 대해 경계하며 기척을 숨기고 지형지물을 이용하며 이동하느라 멀지 않은 거리임에도 꽤나 시간이 걸렸다.

약도를 따라 도달한 곳은 도심지의 전경과는 사실 그다지 어울리지 않는 트레일러 건물이었다.

빌딩과 빌딩의 사이로 난 공터로 울타리가 쳐져 있고 그 중앙으로 트레일러를 개조해서 만든 집이 자리하고 있었던 것이다.

길을 잘못 찾은 것에 대한 걱정을 할 필요는 없었다.

이곳으로 떨어지기 전에도 본적이 있던 역십자가 마크가 울타리의 벽면에 붉은색의 스프레이로 적나라하게 그려져 있었기 때문이었다.

'저걸 보니 왠지 들어가기 싫은 기분이다만……'

여기까지 와서 되돌아갈 수도 없는 노릇이다.

강혁은 고개를 절레절레 흔들며 삐걱대는 문을 열고 트레일러를 향해 접근했다.

온통 수해를 입은 것 같은 도시의 전경과 달리 트레일러의 주변은 버려진 쓰레기들로 지저분한 것만 빼면 꽤나 말끔해보였다.

"사람은… 없는 것 같고."

트레일러는 비어 있었다.

문은 당연히 잠겨 있었고 말이다.

잠겨있다고 해봤자 조잡한 자물쇠로 경첩을 막아둔 것뿐이지만 말이다.

"생각보다 빨리 이걸 쓰게 되는 순간이 왔군."

강혁은 트레일러의 문으로부터 살짝 물러나 쇠파이프를 양손으로 움켜쥐었다.

그리고.

"후읍!"

까앙!

정확한 타점을 노려 휘두른 일격은 단숨에 자물쇠를 부숴

버렸다. 강혁은 문을 열고 트레일러의 안으로 진입했다.

"으윽!"

트레일러의 내부로 들어서자 코를 찌르는 악취가 뿜어졌다.

안쪽으로 쓰러진 자세로 썩어가는 시체가 있었던 것이다.

'아무래도 이 트레일러의 주인은 이곳에 갇혀서 최후를 맞이했던 모양이군.'

시체가 쓰러진 자리로 피웅덩이가 고였던 흔적이 있던 걸로 보아 아무래도 트레일러의 주인은 자살을 택했던 것 같았다.

발끝을 휘저어 시체를 뒤집어보자 과연 갈비뼈 아래쪽에 비스듬히 걸려있는 나이프가 보였다.

시중에서 흔히 구할 수 있는 과도나 맥가이버 칼 따위가 아니라 제대로 된 군용 나이프인 것으로 보아 트레일러의 주인은 본디 군인이었을지도 모르겠다.

"어쨌든 이건 잘만 닦아내면 쓸 수 있겠어."

시체로부터 나이프를 회수한 강혁은 냉장고에서 썩어가고 있던 물통을 꺼내어 나이프를 씻고는 트레일러 안쪽에서 찾아낸 침대보를 이용해 깨끗이 닦아냈다.

침대의 위에는 본디 나이프 집도 있었기에 강혁은 곧장 벨트를 풀어 나이프를 허리춤에 매달았다.

"자, 그럼 이제 단서를 찾아볼까."

좁디좁은 트레일러였지만 이곳에는 분명 지도에서 말하는 단서가 숨겨져 있을 것이었다.

역십자가의 마크가 관련되어 있는 것을 보면 분명 종교적인 물건일 가능성이 크겠지.

대강의 추리를 해낸 강혁은 곧장 트레일러의 내부를 뒤지기 시작했다.

그리고,

얼마 지나지 않아 강혁은 단서를 발견할 수 있었다.

"이거군."

침실 옆의 옷상자의 안에서 역십자 마크가 양각된 작은 나무함을 발견할 수 있었던 것이다.

딱히 잠금장치 같은 것은 보이지 않았다.

강혁은 곧장 나무함을 열었다.

딸칵—

"음?"

경쾌한 소리와 함께 열려진 나무함의 안에는 열쇠 하나만이 덩그러니 놓여 있었다. 엄지손가락 하나에 겨우 견줄 수 있을만한 크기의 자그마한 열쇠였다.

"혹시 이 근처에 따로 열고 들어가야만 하는 장소가 있는 건가?"

강혁은 고개를 갸웃거리며 열쇠를 향해 손을 뻗었다.

그리고는 아무런 의심도 없이 그것을 집어 들었을 때였다.

번쩍-

일순 눈앞이 하얗게 물들었다.

그리고 또 언젠가처럼.

알지 못하는 이의 기억들이 몰려들기 시작했다.

"흐어억!"

강혁은 신음과 함께 그대로 바닥을 짚고 허물어졌다.

강제로 전이된 기억 탓에 머리가 지끈거렸지만 머리를 흔들수록 기억들은 더욱더 선명하게 떠올랐다.

새롭게 전이된 기억은 아마도 이 트레일러의 주인이자 자살을 택한 시체의 것으로 보이는 것이었다.

그가 아직 살아있을 때의 기억.

예상했던 바이지만 그는 특정 종교를 믿는 광신도였다.

"…단서는 이런 식이군."

전이 된 기억은 사실 무척이나 단편적인 정보들뿐이었다.

집회에 참가해 광신의 포효를 외치는 모습이나 집단이라는 이름으로 끔찍한 일들을 행하는 모습들.

그리고 그 모든 것들이 모여드는 교회의 모습들이 비추어지고 있었던 것이다.

"다음 단서가 있는 장소는 역시 교회겠지."

여러 가지 단편적인 기억들 속에서도 유독 자꾸 부각되며 드러났던 영상이 바로 교회에 대한 것이었다.

'다행히 길을 헤맬 걱정은 안 해도 되겠군.'

전이된 기억들 중에는 교회까지 향하는 길에 대한 것도 존재하고 있었다.

고개를 끄덕인 강혁은 손에 쥐고 있던 열쇠를 주머니 속에 깊숙이 밀어 넣고는 일어섰다. 그리고는 왔던 길을 그대로 지나쳐 트레일러의 밖으로 나가려고 할 때였다.

"크헤엑, 죽음을… 죽음을!"

근처에서 들려오는 누군가의 목소리에 강혁은 곧장 자세를 낮추며 인기척을 차단했다.

"죽음… 죽음은 최대의 안식… 크헬헬…!"

"모두다 안식으로… 쿠키킥!"

점차 가까워지는 소리에 강혁은 자세를 낮춘 채로 살짝 고개만을 들어 창밖을 살폈다.

'저건…?'

열려진 울타리의 문을 따라 트레일러를 향해 접근하고 있는 이들의 모습은 분명 사람인 것처럼 보였다.

하지만 단정하기에는 역시 무엇인가 이상했다.

하나 같이 손에 도끼나 곡괭이 따위의 흉기를 쥐고 있다는 것은 둘째치고서라도 드러난 몰골들이 심상치가 않았던 것이다.

여기저기 찢어지고 삭아서 피부에 눌러 붙은 것처럼 보이는 옷가지들을 걸친 인영들은 온통 창백한 피부를 하고 있었는데 그것들이 퉁퉁 부풀어 올라 있었다.

마치 오랫동안 물속에 방치되어 있다가 건져진 시체처럼

피부층이 부풀어 있었던 것이다.

철퍽… 철퍽…

아무래도 이상한 점은 외형만이 아니었던 것 같았다.

코앞까지 거리가 가까워지자 발걸음을 옮길 때마다 물기를 가득 머금은 소리가 들려왔던 것이다.

아닌 게 아니라 새롭게 나타난 이들은 분명 물에 잔뜩 절어 있었다.

'물귀신 같은 건가?'

트레일러의 문 옆에 기댄 채로 강혁은 나가야 할지 말아야 할지에 대해 고민했다.

만약 놈들이 문을 열고 들어온다고 치면 좁은 장소는 싸우기에 그다지 적합한 장소가 아니기 때문이었다.

가장 베스트는 이대로 놈들이 강혁의 존재에 대해 알아채지 못하고 근처를 서성이다가 알아서 물러가는 주는 것이었지만…….

콰장창―

"안식을!"

쨍그랑―

"구원을!"

아무래도 그 건은 물 건너간 것처럼 보였다.

마치 다 알고 있다는 듯이 트레일러 주변을 포위한 물귀신들이 들고 있던 무기들을 휘둘러 창문을 박살내기 시작했던 것이다.

게다가,

'…어느새!?'

고민하는 사이에 열려있는 울타리 문을 따라 족히 열 명은 되어 보이는 숫자의 물귀신들이 추가로 몰려들고 있었다.

자연스럽게 퇴로가 차단되어 있었던 것이다.

본래대로의 몸 상태라면 손가락 하나만 까딱해도 몰살시켜버릴 수 있을 정도의 적이었지만 지금의 상태로는 위험했다.

쇠파이프와 나이프. 거기에 샷건까지 합치면 어떻게든 다 처리할 수는 있겠지만 앞으로 더 뭐가 나타날지 모르는 상황에서 모든 것을 퍼부을 수는 없지 않은가.

더군다나 여기서 얽혀 들다보면 또 추가적인 적이 나타날지도 모른다.

그 무시무시한 추적자가 전기톱을 휘두르며 나타날지도 모르는 일이고 말이다.

"제길!"

강혁은 욕설을 머금으며 자리에서 일어나 빠르게 주변을 살폈다.

다행히 물귀신들에 문을 여는 정도의 지능은 없는지 온통 트레일러의 주변을 에워싼 채 창문과 벽만을 두들기고 있었다.

'문으로 나가는 건 너무 위험해. 일단은…!'

생각을 정한 강혁은 곧장 트레일러의 후면으로 향했다.

후면에는 사다리와 함께 천장으로 향하는 통로가 연결되어 있었기 때문이었다.

찰칵-

끼기익-

잠금장치를 열어 그대로 밀어붙이자 쇠가 긁히는 소리와 함께 좁은 통로가 드러났다.

강혁은 곧장 사다리를 타고 위로 올라갔다.

"크헬헬… 제물! 제물이다!"

"안식을! 구원을!"

"죽음… 죽음은 안식… 크킥, 크키키킥!"

트레일러의 위로 올라서자 물귀신들은 한층 더 광분하며 무기를 휘둘러대기 시작했다.

그러는 와중에도 울타리의 입구로는 계속해서 놈들이 몰려들고 있었다.

본래는 평범한 인간이었다는 것처럼 물귀신들은 복장도 성별도 체형도 다양한 모습들이었다.

하지만 하나같이 눈이 초점을 잡지 못한 채 풀려있으며 피부가 퉁퉁 불은 채로 물에 절어 있었다.

'끔찍하군.'

위에서 내려다보니 한층 더 흉측해 보이는 물귀신들의 모습에 강혁은 고개를 내저으면서도 주변을 빠르게 살폈다.

이대로 시간을 끌다가는 정말로 고립이 될지도 모르니까.

'저기다!'

주변을 차분히 살피던 강혁의 눈이 빛났다.

좌측 울타리의 너머로 다층 건물의 비상계단과 연결된 사다리를 발견할 수 있었던 것이다.

물론 그곳까지 닿기 위해서는 물귀신들을 지나쳐 울타리를 뛰어넘어야만 했지만 충분히 가능성이 있었다.

"좋아, 그럼."

강혁은 우선 등에 매고 있던 배낭을 풀어 목표로 한 위치를 향해 있는 힘껏 던졌다.

퍽—

배낭은 사다리 아래의 벽에 정확히 부딪히고는 떨어져 내렸다. 만족스러운 표정으로 고개를 끄덕인 강혁은 손에 쥐고 있던 샷건마저 집어던졌다.

툭—

최대한 조심스럽게 던진 탓인지 샷건은 가방의 위로 최대한 걸치며 떨어진 모습이었다.

이제 손에 쥔 무기라고는 녹슨 쇠파이프와 군용 나이프 하나뿐.

언뜻 보기에는 스스로 위기를 자처한 것처럼 보이는 모습이었지만 민첩하게 움직이기에는 이편이 훨씬 더 유리했다.

"크헤엑, 죽음을!"

"안식을! 크륵, 우리와 함께!"

그러는 사이 물귀신들은 트레일러의 주변으로 잔뜩 몰려서 광분하며 무기를 휘둘러대고 있었다.

새롭게 울타리의 문을 통해 몰려드는 무리들과는 어느 정도의 텀이 있었다.

'딱 좋군!'

눈을 빛낸 강혁은 그대로 트레일러 위를 내달려 아래로 뛰어내렸다.

"크헤엘?"

"크륵?"

바로 머리 위를 스쳐지나가는 강혁의 도약에 트레일러 아래로 몰려있던 물귀신들이 일순 경직하며 돌아본다. 그 사이 지면을 딛고 일어선 강혁은 곧장 앞으로 내달리며 있는 힘껏 쇠파이프를 휘둘렀다.

"흐아압!"

콰직—

겨로 있던 물귀신이 미처 대항을 할 틈도 없이 쇠파이프가 머리통을 후려쳤다.

"쿠헤엑!"

얻어맞은 물귀신은 그대로 튕겨져 바닥을 나뒹굴었다.

강혁은 재빨리 그 옆을 지나쳐 내달렸다.

"크헤엑! 죽음을!"

"안식을!"

동시에 울타리 내에 있던 물귀신들이 모두 강혁을 향해 몰려들기 시작했지만 강혁은 당황하지 않고 앞을 향해 내달렸다.

"비켜!"

콰직—

또 하나의 물귀신의 머리통을 날려버린 강혁은 그대로 뒤를 돌며 쇠파이프를 아예 집어 던져 버렸다.

"크헤엘!"

"케헤윽!"

바로 등 뒤까지 다가왔던 물귀신들이 쇠파이프와 함께 얽히며 물러선다. 그 틈에 버려진 가구들이 쌓여진 장소까지 도달한 강혁은 그대로 도약하여 위로 올라섰다.

울타리는 입구 쪽을 제외하면 그냥 넘기에 부담스러울 정도로 높게 세워져 있었지만 지지대를 활용하면 충분히 닿을 수 있을만한 높이였다.

"흐으읍!"

아무렇게나 쌓여진 쓰레기더미 위로 올라서자 발밑이 마구 흔들렸지만 강혁은 최대한 균형을 잡으며 반파된 옷장을 박차고 그대로 도약했다.

터업—

"큭!"

울타리로 매달리는데 성공한 강혁은 그대로 힘을 줘서

울타리를 넘었다.

"크헤엑! 죽음을!"

"안식을!"

"크르르륵!"

등 뒤로 시끄러운 물귀신들의 소리가 가깝게 들려왔지만 강혁은 망설임 없이 좁은 길목을 내달려 목표로 한 장소로 도달할 수 있었다.

퉁, 투두두둥-

콰직-

실컷 벽을 때려대던 물귀신들이 휘두른 무기의 일부가 울타리를 부수며 그 모습을 드러냈다.

조금만 더 있으면 울타리를 부순 물귀신들이 한꺼번에 몰려들게 될 터.

하지만 강혁은 이미 사다리의 아래로 도달해 배낭을 메고 샷건까지 집어든 뒤였다.

집어든 샷건을 목 뒤로 매고 배낭의 끈으로 간략히 고정까지 시킨 강혁은 사다리로부터 한껏 물러섰다가 빠르게 내달렸다.

순식간에 가까워지는 거리.

'지금!'

아슬아슬하게 매달린 사다리 끝이 눈에 박혀드는 것을 느끼며 강혁은 있는 힘껏 지면을 박찼다.

그리고,

바로 그때였다.

기이이이잉-!

"크워어억-!"

어디선가 들려오는 섬뜩한 전기톱의 소리.

동시에 커다란 포효성이 울렸다.

우려했던 데로 추적자가 그 모습을 드러낸 것이다.

추적자는 강혁에게 있어서도 공포스러운 존재였다.

'젠장!'

강혁은 이를 악물며 사다리를 향해 한껏 손을 뻗었다.

"심판자다! 도망쳐!"

"크헤엘! 도망을!"

그러는 사이 울타리의 주변으로는 일대 혼란이 발생했다.

어째서인지는 모르겠지만 추적자의 등장에 물귀신들이 동요하기 시작했기 때문이었다.

물귀신들은 분명 추적자를 두려워하고 있었다.

기이이이잉-!

가가가가각-!

그 사이 사다리의 끄트머리를 잡는데 성공한 강혁은 이를 악물며 더 위를 향해 손을 뻗었다.

여기서 손을 놓기라도 하면 그야말로 끝이 나고 말테니까.

"크헤에엑!"

"카하악!"

사다리에 매달려 힐끔 옆을 보자 전기톱을 무자비하게 휘둘러대며 물귀신들을 학살하고 있는 추적자의 모습이 보였다.

사실 의도적인 학살이라기보다는 자신의 앞길을 가로막는 쓰레기를 치우는 것만 같은 모습이었지만…….

"크워어억!"

그런 모습조차도 물귀신들에겐 한없는 공포였다.

앞을 가로막는 모든 것들을 무참히 썰어버린 추적자가 얼굴 가득 적셔진 핏물을 닦아냈다.

그리고는 힐끗 고개를 들어 강혁을 쳐다보는 것이다.

역시 처음부터 놈의 목표는 하나뿐이었다.

"이런 시발!"

"크워어억!"

강혁의 욕설과 추적자의 포효가 겹치는 것이 동시.

반쯤이나 올라온 사다리의 위쪽을 향해 한껏 손을 뻗는 것과 함께 추적자 역시도 움직이기 시작했다.

기이이이잉-!

콰아앙-!

이미 반 정도는 부서져 있던 울타리를 전기톱으로 갈아버리며 그대로 몸을 박으며 울타리 면적 자체를 통째로 박살내버린 것이다.

"크워어어!"

"으허억!"

바로 코앞까지 다가와 전기톱을 휘두르는 추적자의 모습에 강혁은 계단 위로 오르자마자 곧장 위쪽을 향해 내달렸다.

놈의 신장이라면 고작 비상계단의 최하층으로 오른 것 정도로는 안심할 수가 없었기 때문이다.

키기기기긱-

아니나 다를까 무자비하게 휘두른 전기톱의 톱날이 강혁이 서 있던 비상계단의 위로 무참히 덮쳐들었다.

카강, 콰앙!

카가가가각-

추적자의 톱날은 계단을 통째로 날려 버렸다.

아마 1초라도 지체했더라면 계단과 함께 갈려 버렸거나 아래로 떨어져서 2차로 휘둘러진 톱날의 먹잇감이 되고 말았을 터.

바로 아래서 벌어진 참상에 강혁은 새삼 등골이 서늘해지는 것을 느끼며 안도의 한숨을 내쉬었다.

"크워어어억!"

기이이이잉-!

다시금 코앞에서 먹잇감을 놓친 추적자가 전기톱을 들어 올리며 분노의 포효를 터뜨리는 것을 들으며 강혁은 2층 정도 더 계단을 올랐다.

기척을 지우기 위해서는 우선 추적자의 시야에서 벗어나

야만 할 필요가 있었다.

잠행술 스킬이 아무리 뛰어난 효과를 지니고 있다고 해도 상대의 시야의 안에 잡혀 있어서야 그 효과를 발휘할 수가 없기 때문이었다.

쨍그랑!

추적자의 시야에서 멀어진 것을 확인한 강혁은 곧장 비상계단과 연결된 창문을 깨고 건물의 안으로 진입했다.

"……."

진입한 건물의 내부는 평범한 가정집의 모습을 하고 있었다. 여기저기 내려앉아있는 먼지와 어지러이 흩어진 가재도구들만 아니라면 제법 아늑해 보이는 집이었다.

다만 지금은 버려지고 어둠에 잠긴 폐허일 뿐.

'일단은 수색.'

강혁은 랜턴을 켜서 집안의 곳곳을 살폈다.

별다른 의미가 있는 행동은 아니었다.

'지쳤으니까.'

뭔가 생존에 필요한 물품을 하나라도 건질 수 있으면 좋고, 그게 아니더라도 일단은 조금 휴식을 하고 갈 필요가 있다고 생각했기 때문이었다.

허접한 육체에 들어왔다고 정신까지 물들어버린 걸까.

살아났다는 안도감 때문인지 몸이 저절로 부르르 떨리며 추욱 늘어진다.

"후우… 하아…."

거칠어진 숨을 가라앉히며 강혁은 바닥에 나뒹굴고 있던 의자를 바로하고 앉아 배낭을 풀었다. 기왕에 쉬기로 마음 먹은 마당이니 끼니라도 좀 때우자는 생각이 들었던 것이다.

꼬르륵…

때마침 배시계가 울며 강혁에게 동조해 주었다.

"근데 왜 이렇게 컵라면이 땡기냐……."

그렇게 강혁은 꿀맛 같은 휴식을 만끽하며 초코바와 장조림 캔으로 간단하게나마 허기를 때웠다.

❖

콰직—

소방도끼에 얻어맞은 나무문이 형편없이 깨져나간다.

휴식을 마치고 다시 움직이기 시작한 강혁은 건물을 수색하다가 무너진 잔해에 버려져 있던 소방도끼 한 자루를 발견할 수 있었다.

총알을 최대한 아껴야만 하는 강혁에게 있어서는 예상외의 득템이었다.

'그렇게 오래 쓰지는 못 할 것 같지만.'

이미 상해있던 채로 오랫동안 방치되었던 탓인지 소방도끼는 몇 번 휘두르지 않았는데도 벌써 손잡이가 헐거워지는 느낌이었다.

도끼를 휘둘러 잠겨있던 나무문을 박살낸 강혁은 너저분한 내부를 한번 크게 훑고는 창가로 다가섰다.

바로 옆의 건물로 옮겨가기 위해서였다.

언제 추적자나 물귀신 같은 것들이 나타날지 모르는 밖과는 달리 건물의 내부는 들킬 위험도 적을뿐더러 설령 들키더라도 얼마든지 숨어 다닐 수 있을 테니까.

"이만하면 충분하겠군."

건물간의 거리를 확인한 강혁은 뒤로 돌아가 반파 된 나무문을 걷어차 완전히 떼어냈다. 그리고는 몇 번 더 도끼질을 하고나니 그럴싸한 판자가 만들어졌다.

강혁은 판자를 이용해 옆 건물의 비상계단을 향해 옮겨갔다.

이제 이 건물을 통해서 뒤쪽의 길목으로 이동할 수만 있다면 교회가 있는 곳까지는 줄곧 일직선으로 내달리기만 하면 되었다.

쨍그랑!

계단을 타고 다시 적당한 층수에서 유리창을 깨고 건물로 진입한 강혁은 빠르게 주변을 훑어보고는 즉시 방을 나섰다.

몇 번 수색을 해보고 나니 대강의 요령이 생긴 것이다.

어지럽혀진 평범한 가정집에서는 대개 쓸 만한 물건을 찾기가 어려웠다.

'오히려 복도나 계단 같은 곳이 알짜배기지.'

도망이나 혹은 사투의 흔적이 남겨진 복도나 계단 등에는 시체나 참상의 흔적 외에도 희생자들이 남긴 무기나 생존물품 등이 버려져 있는 경우가 많았다.

딸칵-

랜턴을 켜서 시야를 밝힌 강혁은 복도를 따라 천천히 걸음을 옮기기 시작했다.

저벅… 저벅…

좁은 복도를 타고 발자국이 울린다.

그것만으로도 을씨년스럽다 못해 머리털이 삐죽 설만큼 공포스러운 분위기였지만 강혁은 묵묵히 발걸음을 옮기는 데에만 집중했다.

그리고.

바로 그때였다.

타다닥-

어디선가 들려온 발소리가 강혁의 귓가를 스쳤다.

강혁은 즉시 자세를 낮추며 소방도끼를 움켜쥐었다.

'…사람?'

소리가 들린 방향으로 랜턴을 비추자 자그마한 신형이 계단을 타고 위로 올라가는 모습이 보였다.

언뜻 봐서는 초등학교 저학년 정도 되어 보이는 키의 소녀와도 같은 모습.

이런 폐허와도 같은 장소와는 전혀 어울리지 않는 흰색의 블라우스에 푸른색의 플레어스커트를 입은 소녀였다.

'…잘못 본 건 아니겠지.'

강혁은 의식적으로 눈을 비볐다.

그리고는 잠시 고민을 하다 결국 계단을 향해 발걸음을 옮긴다.

사실 이곳으로 와서 만난 괴물들은 형태만큼은 하나같이 인강형을 취하고 있어서 이번에도 확신은 들지 않았지만 단순히 괴물로 치부하기에는 잠깐 스쳐간 소녀의 모습이 너무나도 생기가 넘쳤기 때문이었다.

'석연치 않군.'

아니, 사실은 그런 이유 때문이 아니었다.

뭐라 설명할 수는 없었지만 본능이 그녀를 따라가라고 시키고 있었던 것이다.

과거로부터 그가 신봉해오던 촉과는 또 다른 느낌이었다.

마치 처음부터 그렇게 프로그래밍 된 것처럼 반드시 따라야만 하는 것 같은 그런 느낌이었으니까.

'일단은 쫓아보자.'

결정을 내린 강혁은 기척을 지우는 것에 최대한 신경을 기울이며 소녀의 흔적을 따라 계단을 오르기 시작했다.

"……."

계단의 위는 또 다른 폐허의 연속이었다.

다만 다른 점이 있다면 적어도 시체나 참상의 흔적은 보이지 않는다는 것이었다.

소녀가 지나갔을 것으로 추정되는 복도는 텅 비어 있었다.

그녀가 올라간 것을 보지 못 했다면 아무 것도 모른 채 그저 지나치고 말았을 터.

'저기군.'

강혁은 얼마 지나지 않아 흔적을 발견할 수 있었다.

복도의 우측 끝으로 미처 완전히 닫히지 못한 문이 바람에 밀려 흔들리고 있었던 것이다.

혹여나 있을지 모를 습격에 주의하며 강혁은 문을 향해 다가갔다. 그리고는 천천히 열려진 문틈을 향해 어깨를 들이밀었을 때였다.

"죽어!"

"헉!"

돌연 들려오는 외침에 강혁은 기겁하며 물러섰다.

하지만 그보다 훨씬 더 먼저 관자놀이를 향해 날아드는 무언가가 있었다.

척 보기에도 날카로워 보이는 식칼이 뾰족한 날을 아래로 향하여 급속히 내리꽂히고 있었던 것이다.

그 찰나의 순간,

강혁은 즉시 고개를 숙이며 바닥으로 몸을 처박았다.

쉬이익-

식칼이 바로 목 뒤로 스쳐가는 것을 느끼며 그대로 바닥을 짚고 옆으로 구른 강혁은 재차 달려들려는 신형을 향해 있는 힘껏 몸을 들이밀었다.

"아악!"

"언니! 이 괴물이!"

몸통박치기에 부딪힌 신형이 비명과 함께 튕겨나며 넘어진다. 동시에 또 다른 적의가 쏘아붙여져 왔지만 그것은 강혁에게 아무런 해를 끼칠 수가 없었다.

철컥―

"모두 움직이지 마."

어느새 등 뒤로 걸쳐두고 있던 샷건을 뽑아든 강혁이 그 총구를 습격자들에게로 향하고 있었기 때문이었다.

"……."

"……."

그와 동시에,

방안으로 침묵이 찾아들었다.

사태가 진정되었음을 확인한 강혁은 그제야 습격자들의 정체를 살폈다.

식칼을 움켜쥔 채 소녀의 부축을 받아 일어서고 있는 30대 정도의 여성과 야구배트를 양손으로 애처롭게 움켜쥔 채 이쪽을 노려보고 있는 20대 중반 정도의 여성.

두 사람은 미묘하게 생긴 것이 닮아 있었다.

어쨌든 괴물처럼 보이지는 않는 모습들.

침묵을 깨며 강혁이 먼저 입을 열었다.

"일단 진정하죠."

"……."

"당신들은 인간이 맞나요?"

질문을 꺼내고 강혁은 저도 모르게 혀를 찼다.

생각해보니 바보 같은 질문이었던 것이다.

외형만 보아도 사실을 알아채는 데에는 충분했으며, 상대가 괴물이라면 그것을 친절히 알려줄 리가 없지 않은가.

"그러는 그쪽도 인간이 모양이네."

"그렇죠."

오히려 역으로 전해진 질문에 강혁은 순순히 고개를 끄덕였다.

일단은 괴물이 아니라는 안심감 때문일까.

두 여성의 눈에서 경계심이 조금은 옅어진 모습이었다.

소녀는 30대 여성의 뒤에 몸을 숨긴 채로 불안한 눈으로 강혁을 쳐다보고 있었다.

"그럼 이제 잠시 서로 간에 무기는 치우도록 하죠."

강혁은 두 여성을 향해 겨누고 있던 총구를 내렸다.

"…좋아."

강혁이 샷건을 아예 땅바닥으로 내려놓고서 한걸음 더 물러서기까지 하자 30대 여성이 먼저 식칼을 땅바닥에 내렸다.

20대 여성은 여전히 강혁을 믿지 못하겠는 듯 잠시 머뭇거리는 모습이었지만 30대 여성이 시선을 주자 마지못해 야구배트를 내려놓는 모습이었다.

"그럼 이제 이야기를 해볼까?"

"…그러죠."

먼저 말을 꺼내는 30대 여성의 말에 강혁은 곧장 고개를 끄덕였다.

"그럼 따라와. 여기는 위험하니까."

"무기는?"

"가져와. 어차피 상관없잖아? 마음만 먹으면 총 같은 게 없어도 우리 정도는 가볍게 죽여 버릴 수 있을 텐데."

쿨하다 못해 시크하기까지 한 30대 여성의 핀잔에 강혁은 고개를 절레절레 흔들며 샷건을 집어 들었다. 그리고는 앞장서서 걸어가는 두 여인과 소녀의 뒤를 따르는 것이다.

"조심해. 허튼짓하면 죽여 버릴 테니까."

어느새 야구배트를 손에 쥐고 식칼마저 집어든 20대 여성이 경고의 말을 전해왔지만 강혁은 아랑곳 하지 않고 발걸음을 옮기는 데에만 신경을 썼다.

먼저 30대 여성이 말한 것처럼 좀 전과 같은 기습상황만 아니라면 무기가 없어도 그녀들을 제압하는 것은 어렵지 않은 일이었기 때문이었다.

톱스타의 킬링필드

hell is coming

chapter 3. 숨겨진 비밀

Hell is coming

chapter 3. 숨겨진 비밀

"정말 아무 것도 모르는 거야?"

"알았다면 묻지 않았겠지."

"하긴 그러네."

심드렁하게 내뱉은 답에 레이첼이 고개를 끄덕인다.

그런 그녀의 옆에서 샤넌이 눈을 부라렸다.

"막상 이야기하려니 난감하네. 풀어놓기에 따라서 무지
긴 이야기가 될 수도 있거든."

"최대한 간추려서 본론만."

뜸을 들이는 레이첼의 말에 강혁은 시크하게 답하고는
방 한쪽 구석에서 이쪽의 눈치를 보고 있는 소녀 에밀리아
를 쳐다봤다.

어째서인지 그녀에게는 의식하지 않으려고 해도 자꾸만 시선이 갔다.

"좋아, 그럼 간단히 설명할게."

레이첼은 강혁의 시선을 따라 함께 시선을 움직이다가 에미리아와 눈이 마주치고는 손을 흔들어 인사를 한 뒤 재차 말을 이었다.

"우선 이 모든 일은 4달 전부터 시작됐어."

한번 목을 가다듬어 차분해진 목소리가 또렷이 귓가로 박혀 들어온다.

듣는 이로 하여금 저절로 집중이 되게끔 하는 레이첼의 목소리에 강혁은 에밀리아에게서 시선을 거두어 레이첼을 응시했다.

"빌어먹을 광신도들의 등장과 함께 말이지."

"광신도?"

"그래. 인간이길 포기한 끔찍한 족속들이야."

떠올리는 것만으로도 치가 떨리는지 분노에 찬 표정을 짓는 레이첼의 모습에 강혁은 고개를 끄덕여 주었다.

"계속해봐."

"아무튼, 시작은 바로 그 광신도들이 등장하면서부터였어."

그 말을 시작으로 레이첼의 설명이 이어졌다.

미리 경고했던 것처럼 간추려서 들었음에도 결코 짧지만은 않은 이야기.

들었던 이야기를 다시금 간추리자면 이러했다.

어느 날 도시로 '블랙 메시아' 라는 종교를 내세우는 광신도들이 나타났다.

처음에는 그저 10여명 정도의 신도들이 돌아다니며 포교를 하는 것뿐이라 다들 심각하게 생각하지 않았었다.

굳이 그들이 아니더라도 세상 곳곳에는 알지도 못하는 사이비 종교들이 가득했으며, 그런 것 따위에 신경을 써줄 만큼 도시의 사람들은 한가하지 않았기 때문이다.

하지만 자기들끼리 떠들다가 금세 사라지겠거니 싶던 종교는 예상보다 훨씬 빠른 속도로 성장해나갔다.

첫 날에는 10여명에 불과하던 신도들이 다음날에는 수십 여명으로 늘어나는가 싶더니 그 다음날에는 백여 명 그리고 또 다음날에는 수백여 명.

그런 식으로 빠르게 늘어갔던 것이다.

문제는 블랙 메시아에 들어간 이들이 하나같이 이상행동을 보인다는 점이었다.

본래의 성격과는 무관하게 난폭해졌으며 맹목적이고 광신적인 존재로 변해 버렸다. 단순히 종교에 빠져서 변했다고 하기에는 과도할 정도로 180도 사람이 바뀌어버리는 것이다.

마치 최면이라도 걸린 것처럼 말이다.

아무튼, 그렇게 한 달여가 지났을 때는 도시 전체가 블랙 메시아의 영향력 아래에 들어가게 되었다.

도시 인원의 절반가량이 신도이니 무시를 하려도 할 수가 없게 되어버린 것이다.

바로 그때였다.

본격적인 악몽이 시작된 것이.

포교 활동 외에는 줄곧 아무런 행보를 보이지 않던 블랙 메시아가 마침내 움직였다.

신의 의지 혹은 가르침이라는 명목으로 끔찍한 일들을 저지르기 시작한 것이다.

블랙 메시아를 믿지 않는 이들을 이단으로 간주하고 잔혹하게 살해했다.

겁에 질려서 입단한 이들은 교육이라는 명목으로 고문과도 같은 일을 당해야 했으며 그 성별이 여성일 경우에는 성노예와도 같은 취급을 받아야 했다.

그제야 일의 심각성을 깨달은 정상인들이 집단을 이루며 대항을 했지만 이미 대항하기에는 너무나도 멀리와 있었다.

군대 혹은 경찰로 구성된 결사대는 광신도들에게 붙잡혀 모두 참혹하게 죽거나 제물로 바쳐졌으며, 일부는 흡수되어 똑같은 광신도가 되었다.

바야흐로 대 악몽의 시대가 찾아온 것이다.

도시를 완전히 점거하자 광신도들은 아예 도시의 모든 곳을 틀어막고 그 안에 모든 것들을 고립시켰다.

도망칠 수조차 없게 된 생존자들은 저마다의 방법으로 숨어들기 시작했다.

그렇게 다시 한 달이 지났다.

이제 도시는 무법지대로 변한지 오래였다.

거리에는 어딘가 나사가 하나 나간 것처럼 보이는 광신
도들만이 배회하고 있었으며, 생존자들은 은신처에 깊숙이
틀어박히거나 물자를 찾으러 나섰다가 붙잡혀 죽거나 그들
과 똑같은 존재가 되었다.

당시에 레이첼은 남편과 함께 지하에 숨어 지내고 있었
다고 했다.

하지만 불과 2달을 견디지 못하고 식량은 바닥을 치고
말았다. 계속해서 살아남기 위해서는 밖으로 나설 수밖에
없게 된 것이다.

당시 그녀는 임신까지 한 몸이었기에 남편을 혼자서 보
낼 수밖에 없었다.

배가 불러 둔한 몸 상태로는 오히려 방해가 되지 않으면
다행인 일일 테니까.

은신처를 벗어났던 남편은 끝내 다시 돌아오지 못했다.

결국 배고픔을 견디다 못해 밖으로 나선 레이첼은 얼마
움직이지 못하고 광신도들에게 사로잡히고 말았다.

현실에 존재하는 악마들의 손아귀로 떨어진 것이다.

바로 죽일 것이라는 예상과는 달리 광신도들은 레이첼을
교회로 끌고 갔다.

그리고,

그곳에서 그녀는 인생 최악의 경험을 해야만 했다.

'악마를 보았지.'

그 누구도 제대로 알지 못했던 교주를 마주할 수 있었던 것이다.

보는 것만으로도 소름끼치는 불길함이 전해져오는 음침한 인상의 남자는 그녀를 제단과도 같은 곳에 눕히더니 움직이지 못하도록 결박시키고는 배를 향해 비수를 찔러 넣었다.

그리고는 아직 완전히 다 자라나지 못한 태아를 꺼내어 그녀가 보는 코앞에서 무참히 찢어발겨 버렸다.

충격과 고통으로 기절한 그녀가 다시 눈을 떴을 때에는 알몸의 여성들이 족히 수백 명은 갇혀 있는 것처럼 보이는 감옥이었다.

영광스런 블랙 메시아의 전사들을 위로하는 부인들이자 성노예로써 취급받게 된 것이다.

삶의 의지를 잃은 그녀는 곧장 자결하려 했지만 그마저도 마음대로 할 수가 없었다.

혀를 깨물고 죽어도, 뾰족한 나뭇조각을 심장에다 깊숙이 박고 죽어도 어느 순간이 되면 멀쩡히 살아서 깨어나곤 했기 때문이었다.

그리고 그럴 때마다 그녀를 향한 압박과 폭력은 점점 더 거세졌다.

그렇게 일주일이 지나자 레이첼은 결국 포기라는 단어를 떠올릴 수밖에 없었다.

무슨 수를 써도 죽을 수가 없었으며 다시 깨어날 때마다 참기 힘든 고통을 받게 되는데 더 이상은 버텨낼 수가 없었던 것이다.

말 그대로 죽음은 탈출구가 아니었다.

이후 레이첼은 수많은 남자들의 노리개가 되었다.

죽지도 못하는 이상 스스로에 처한 상황에 납득하며 적응할 수밖에 없었던 것이다.

아무리 해도 즐길 수는 없었지만 그녀는 곧 무덤덤해졌다.

사소한 일 하나하나에 괴로워하기에는 이미 너무나도 많은 일들을 겪었으니까.

그때쯤 만난 것이 샤넌이었다. 그녀 역시도 물자를 얻기 위해 밖으로 나섰다가 사로잡힌 것이었다.

샤넌은 레이첼이 했던 것보다는 훨씬 더 거칠게 반항했지만 결국 결말은 같았다.

바로 옆자리에 배정된 덕분에 두 사람은 금세 친해졌고 한줌의 희망도 찾을 수 없는 지옥에서도 버틸 수 있는 힘을 얻을 수 있었다.

그렇게 다시 시간이 흘러 3달째가 되었을 때였다.

어째서인지 레이첼과 샤넌만이 따로 옮겨지게 되었다.

좁은데다가 지저분하기까지 한 감옥을 벗어나 고급스러운 방에서 함께 생활할 수 있게 된 것이다.

두 사람에게 새롭게 주어진 임무는 보모 역이었다.

에밀리아를 돌보는 일을 맡게 된 것이다.

본래는 레이첼에게만 주어진 일이었지만 두 사람이 깊은 친분으로 이어져 있다는 것을 알아챈 교주가 아량을 베푼 결과였다.

사실은 인질로써 쓰기 위한 개념이 더 클 테지만.

아무튼, 성노예를 할 때에 비하면 비교도 할 수 없을 만큼 나아진 삶의 질에 두 사람은 만족하며 주어진 임무인 보모 역에 집중했다.

그렇게 얼마가 지났을까.

시간이 지나면 지날수록 두 사람은 에밀리아와 점점 더 가까워지는 것을 느꼈다.

어느 순간부터 에밀리아는 레이첼을 엄마로 부르고 있었으며, 샤넌은 언니로부터 정말로 친언니처럼 대하고 있었기 때문이었다.

정이라는 것은 정말로 무서운 것이었다.

교주가 맡긴 대상이니만큼 어떤 끔찍한 일들과 엮어있을지도 모르는데도 끝내 넘어가고만 것이다.

세 사람은 이제 한 가족이나 다름없는 상태가 되어 있었다.

생각지도 못한 두 번째의 재앙이 닥치기 전까지는.

'탈다람의 구원이라고 했던가.'

어느 날 갑자기 구원이 날이 다가왔다며 레이첼들을 비롯한 모든 신도들을 불러들여 설교를 한 뒤로 도시 전체로 끔찍한 재앙이 들이닥쳤다.

어디서부터 시작되었는지 모를 파도가 해일처럼 몰려들며 도시의 모든 것들을 집어삼키기 시작한 것이다.

교회라고 해서 안전하지는 않았다.

파도는 말 그대로 도시를 통째로 집어삼켰으니까.

모두가 수면의 아래로 가라앉거나 파도의 분말에 휘말려가는 아비규환 속에서 레이첼과 샤넌은 필사적으로 발악하며 버틴 끝에 휘말리지 않고 살아남을 수 있었다.

살았다는 안도감에 탈진하여 쓰러졌던 그녀들이 다시 눈을 떴을 때에는 마치 그전의 일이 꿈이었기라도 하다는 것처럼 주변을 가득 덮고 있던 물들이 깨끗이 사라진 뒤였다.

하지만 두 사람은 그것이 꿈이 아님을 알 수 있었다.

물은 사라져 있었지만 그 흔적만큼은 선명히 도시 곳곳으로 새겨져 있었기 때문이었다.

재앙 당시에 모두 파도에 휘말려간 탓인지 교회는 텅 비어 있었다.

바로 옆에서 함께 깨어난 에밀리아의 존재만 제외한다면 말이다. 눈이 마주치자마자 매달려오는 에밀리아를 레이첼은 끝내 외면하지 못했다.

레이첼은 그녀마저 데리고 교회의 식량창고를 털어 달아났다. 그렇게 세 사람의 공동체 생활이 시작되었던 것이다.

세 사람이 족히 반년은 버틸 수 있을 만큼 식량은 풍족했기에 레이첼은 은신처를 꾸리자마자 곧장 모든 흔적들과 기척을 지우고는 깊숙이 틀어박혔다.

덕분에 바깥의 상황에 대해 자세히 알지는 못한다고 했지만 창문을 통해 본 바에 의하면, 괴물 같이 변해버린 광신도들과 아예 인간조차 아닌 괴물들이 돌아다니기 시작한 것은 재앙의 파도가 지나쳐가고 난 뒤였다.

레이첼은 파도에 집어삼켜졌던 이들이 지금의 모습들로 변한 것이라 추정하고 있었다.

"그럼 그 뒤로는 줄곧 여기에만 있었던 거야?"

"그렇지. 밖은 이전보다 더 위험하고 끔찍해졌으니까."

강혁은 고개를 끄덕였다.

이야기 속에서 석연치 않은 부분들이 없는 건 아니었지만 대강이나마 흐름을 잡을 수 있었기 때문이다.

'결국 모든 건 그 블랙 메시아라는 종교와 관련이 있겠군.'

하긴 애당초 이곳에 들어올 때부터 종교와 관련된 무엇이 있을 거라는 건 기정사실이었다.

입구부터가 역십자의 마크를 건 사이비 교단의 교회 지하로부터였으니까.

"근데 정말로 아무런 기억이 나질 않는 거야?"

"뭐, 그렇지."

"기억상실증이라니… 하긴 이런 세상에서는 차라리

기억을 잊는 편이 나을 수도 있겠다."

"딱히 그렇지만도 않아. 당사자는 그저 답답할 뿐이니까."

그렇게 길고 길었던 대화를 끝마치자 샤넌이 눈치를 보다가 식어버린 커피잔을 치웠다.

모든 이야기를 끝마치고도 당당한 표정인 레이첼과는 달리 샤넌은 눈에 뜨일 정도로 얼굴이 화끈해져서는 눈도 제대로 못 마주치는 모습이었다.

아, 혹시나 헷갈릴까봐 참고로써 설명을 해두자면.

30대 중반의 여성이 레이첼, 20대 중반의 여성이 샤넌, 그리고 그녀들의 딸이며 어린 동생처럼 취급받고 있는 소녀가 바로 에밀리아였다.

강혁은 다시금 힐끗 에밀리아를 쳐다봤다.

레이첼과 차분하게 이야기를 나누는 모습 때문인지 에밀리아는 처음에 비해서는 훨씬 경계심이 줄어든 눈으로 강혁을 살피고 있었다.

'아무래도 저 아이가 키워드일 것 같은데 말이지.'

겉으로 보기에는 아무리 살펴봐도 평범하고 귀여운 또래의 여자아이로 밖에는 보이질 않지만, 그 교주라는 자가 맡긴 존재라고 하니까.

강혁의 예상이 맞다면 분명 교주는 사이비 교단의 교회에서 강혁을 쫓았던 어둠이라는 존재와 동일한 인물이거나 최소한 깊은 관계가 있는 인물이었다.

그러니까, 현재의 시점에서는 에밀리아가 그 모든 것들과 닿을 수 있는 가장 가까운 열쇠인 것이다.

"그런데 정말로 교회로 갈 생각이야?"

"응."

잠시 생각에 잠겨있자 레이첼이 걱정스런 얼굴로 물어온다.

"괜찮겠어? 우리도 도망 나온 뒤로는 가본 적이 없지만 아마 위험할 게 틀림없다고."

"어쩔 수 없잖아. 기억이 가리키고 있는데."

"죽을지도 모른다고!"

담담한 얼굴로 답하는 강혁의 말에 참다못한 샤넌이 쏘아붙여왔지만 강혁은 대수롭지 않다는 듯 고개를 끄덕였다.

"알고 있어. 하지만 어차피 여기 있는 다고 해서 달라질 것도 없잖아?"

"그, 그렇긴 하지만……."

샤넌은 정곡이 찔린 듯 말문을 잇지 못했다.

강혁이 재차 말했다.

"걱정할 것 없어. 어차피 우린 남일 뿐이니까."

"하지만…."

"게다가 넌 사실 나에 대해서 모르잖아? 내가 실은 어떤 놈이었는지. 그 광신도라는 놈들보다 더한 악마였을지도 모르잖아?"

"그건… 그렇지만…….."

막상 현실을 지목하자 좀처럼 대답을 찾지 못하는 샤년이었다. 그리고 다시 이어진 강혁의 말에 샤년은 완전히 입을 다물고 말았다.

"난 기억을 찾고 싶은 것뿐이야."

"……."

샤년 뿐만 아니라 레이첼 역시도 할 말을 찾지 못한 듯 입술만 달싹이는 모습이었다.

기억이 없는 이가 자신의 본질을 찾아 나서겠다는데 무슨 말을 할 수 있겠는가.

역시나 둘러대는 데는 기억상실증 핑계가 최고였다.

침묵이 잦아드는 것을 느낀 강혁은 다시 힐끗 고개를 돌려 에밀리아를 쳐다보다가 의자를 빼고 일어섰다.

"벌써 가려는 거야?"

"…기, 기왕에 온 건데 하루 정도는 쉬었다 가지?"

강혁이 떠나려는 기미를 비치자 두 여자도 함께 일어서며 말을 걸어온다.

의례적인 말만을 전해오는 레이첼과는 달리 샤년은 아쉬움이 가득한 표정이었다.

만난 지 얼마나 됐다고 딴에는 정을 줬던 모양이었다.

있는 동안 그렇게나 툴툴거렸으면서 말이다.

'츤데레구만.'

아마도 레이첼과 둘이서만 의지하며 버텨온 시간 끝에

119

만난 첫 번째의 사람이니 필요이상의 애착이 생긴 것이리라.

평범한 세상을 살아가는 보통의 사람들도 오랫동안 타향으로 나와 있다가 동향의 사람을 만나게 되면 이유 없는 반가움이나 동질감을 느끼기도 하니까.

"쉬어가기에는 조금 쫓기는 느낌이라서 말이지."

간단히 샤년의 제안을 거절한 강혁은 벗어두었던 배낭을 다시금 등 뒤로 매고는 샷건마저 둘러서 맸다.

그리고는 허리춤의 나이프를 확인하고 소방도끼마저 집어 들자 잠시 고민하는 것처럼 보이던 레이첼이 방 안쪽으로 들어가는가 싶더니 자그마한 상자를 가지고 나왔다.

"이건?"

"가지고 가. 우리보다는 너에게 더 필요한 물건 같으니까."

강혁은 고개를 갸웃하며 상자를 열어보았다.

상자에는 가지런히 정리된 탄환들이 담겨져 있었다.

"아마 들고 있는 모델에도 사용할 수 있을 거야. 남편이 쓰던 걸 본적이 있어."

"허…."

강혁은 자신도 모르게 얼빠진 신음을 머금고 말았다.

생각지도 못한 도움을 받았기 때문이었다.

'이거라면…!'

그녀의 부연설명이 아니더라도 상자에 담긴 탄환은 기존에 샷건과 함께 습득했던 탄환들과 똑같은 형태처럼 보였다.

모두 합쳐 5발 밖에는 없던 탄환이 단숨에 30발 가까이 늘어난 것이다.

"고맙군. 근데 괜찮겠어? 나 같이 아무 것도 모르는 놈에게 넘겨도?"

"괜찮아. 어차피 우리한텐 총도 없는 걸."

"그럼 감사히 쓰도록 하지."

그렇게 인사를 끝마친 강혁은 조심하라며 손을 흔드는 세 사람을 남기고는 다시 복도로 나섰다.

"……"

좀 전까지 따스한 분위기로 대우받고 있었기 때문일까.

텅 빈 복도의 모습이 기억하고 있던 것 이상으로 삭막해 보였지만 강혁은 망설임 없이 걸음을 옮기기 시작했다.

'어째서인지는 모르겠다만……'

그녀들에게 말했던 것처럼 자꾸만 쫓기는 느낌이 들었기 때문이었다.

❖

"크헬헬… 숭배하라…."

"죽어서 신의 안식을……."

아까 전 도주의 여파 때문일까.

본디 텅 비어있던 거리는 물귀신들로 가득했다.

그나마 건물들을 이용해서 이동거리를 최소화 시켰기에 망정이지 처음부터 길로만 이동했더라면 아마 꽤나 발목이 잡혔을 것이었다.

'자, 이제부터 일직선이란 말이지.'

계획대로 건물 반대편의 포인트에 도달하자 한층 더 선명한 기억이 떠오르며 교회까지의 길을 인식시켜주었다.

이제 불과 몇 십 미터만 더 움직이면 교회로 도달할 수 있게 되는 것이다.

느릿느릿한 걸음으로 돌아다니는 물귀신들이 거치적거리는 건 사실이었지만 남은 거리 자체가 짧을뿐더러 가는 길에는 중간 중간 몸을 숨길만한 곳도 많았기에 걱정은 없었다.

'하지만 우선은 테스트부터 해볼까.'

곧장 교회를 향해 이동할까 생각하던 강혁은 이내 고개를 젓고는 물귀신들을 응시했다.

아까 전에는 워낙에 급박한 상황이었기에 제대로 실험해볼 틈이 없었지만 앞으로 무슨 일이 더 벌어질지 모르는 마당에 정보 수집은 중요한 생존 수단이었다.

자세를 낮추고 기척을 숨긴 강혁은 조용히 버려진 트럭의 뒤편으로 이동해 바닥으로 독 함정의 문양을 그렸다.

레이첼과의 대화를 통해 좀 더 확신 같은 것이 생겼기

때문이었다.

지금 거리를 배회하고 있는 저 물귀신들은 여태껏 숱하게 만나왔던 좀비나 망자 같은 것들과는 사뭇 다른 존재다.

이미 죽어있는 상태에서 움직이고 있는 이른바 언데드인 그들과는 달리 물귀신들은 분명 아직 살아있는 것처럼 보였기 때문이다.

레이첼의 말이 맞다면 본디 미쳐있던 광신도들이 파도에 휩쓸린 이후 변한 모습이 저 모습일 테니…….

'생명체라면 독이 통할 수도 있지.'

그것을 알아내기 위해서는 일단 테스트를 해볼 필요가 있는 것이다.

트럭 뒤에서 고개를 내밀어 적당한 타깃을 선정한 강혁은 바닥에 굴러다니고 있던 빈 깡통을 집어든 뒤 뒤쪽의 무너진 건물 잔해로 이동했다.

목표는 트럭과 인접해있는 물귀신들 중 하나.

타이밍을 재던 강혁이 독 함정이 있는 방향을 향해 깡통을 집어 던졌다.

티잉- 투둑-

"크르륵!?"

선명하게 울려 퍼지는 깡통 소리에 주변을 배회하던 물귀신들이 일제히 트럭을 주시했다.

그 중에서도 가장 가까운 위치에 있는 것은 흰색 가운을 걸치고 있는 여성형의 물귀신이었는데, 지금과 같은 모습이 되기 이전에는 약사나 의사였는지도 모를 일이었다.

아무튼, 흰색 가운의 물귀신은 소리를 들은 즉시 트럭 뒤쪽을 향해 다가갔다.

정확히 독 함정의 문양이 설치되어 있는 방향.

강혁이 숨어있는 방향에서 그 경과의 모습을 제대로 볼 수 있는 각도로 흰색 가운의 물귀신이 접어들고 있었다.

'그래… 조금만 더 앞으로 와라.'

"크르륵…."

강혁의 바람과는 달리 물귀신은 독 함정의 앞에서 우뚝 멈춰 섰다.

설마 눈치를 챈 건가? 하는 생각이 강혁의 머리를 스치고 지나쳤지만 그러한 우려는 바로 다음 순간 깨끗이 지워지고 말았다.

"키으으…."

신중히 주변을 경계하며 돌아보는 것 같던 물귀신이 돌연 앞을 향해 발걸음을 옮겨 놓은 것이다.

그리고 그 순간.

그려두었던 독 함정의 문양이 발동되었다.

파앗—

치이이익…!

공기의 진동이 일며 물귀신의 발바닥으로 희미하게나마 문양이 빛을 내다 일그러지며 솟구쳐 오른다.

"캬아아아—!"

그와 동시에 발산된 독은 발목을 타고 솟구쳐 오르며 단숨에 물귀신의 몸 속 깊숙한 곳까지 헤집어대기 시작했다.

독 함정의 목록 중에서도 가장 효과적인 독이라고도 할 수 있는 산성 혈액 독의 위력이었다.

빠르게 혈액을 타고 번지며 내부로부터 녹여 들어가는 독의 발산에 물귀신은 선 자세 그대로 양팔을 마구 허우적거림 비명을 질러댔다.

하지만 그것도 잠시.

불과 10초도 지나지 않아 물귀신은 경련을 일으키는 듯하다가 곧 추욱 늘어지며 바닥으로 허물어졌다.

산성 혈액 독의 독성이 심장을 지나쳐 마침내 뇌까지 침투했기 때문이리라.

숙련도가 MAX인 스킬의 위력은 생각보다 더 대단했다.

허물어진 물귀신의 시체를 보며 강혁은 고개를 끄덕였다.

방금 전의 것으로 놈들에게 '독' 이라는 효과가 통한다는 사실을 확인했기 때문이었다.

추적자에게까지 통할지는 의문이었지만 적어도 물귀신들에게 독 속성의 공격은 주효했다.

'일단은 다들 살아있는 생물이라는 거지.'

그러면 나머지 부분에 있어서도 대처하기가 편했다.

굳이 머리통을 박살낸다거나 목을 날릴 필요 없이 경동맥을 끊어내는 것만으로도 충분히 살해 할 수 있을 것이기 때문이다.

"그럼 다시 움직여 볼까."

궁금하던 것도 풀었으니 이제 시간을 더 지체하고 있을 이유는 없었다.

때마침 독살된 물귀신의 비명으로 인해 다른 물귀신들의 이목도 함께 끌려진 상태니까.

소리 없이 걸음을 옮겨 물귀신들이 쳐다보는 뒤편으로 대담하게 걸어서 이동한 강혁은 그대로 건물의 벽면으로 숨어들며 차분히 다음의 경로를 물색했다.

일단 눈에 띄는 경로는 총 두 가지였다.

하나는 이대로 인접한 차량이나 건물의 잔해 등을 옮겨 가며 목적지까지 가는 경로, 그리고 또 하나는 어수선한 사이에 빠르게 중앙을 가로질러 움직이는 경로였다.

'안전이냐 속도냐 라는 것인데….'

속도를 고려한다면 단연코 후자가 좋았지만 그만큼의 위험요소가 있다는 단점이 있었다.

고심하던 강혁은 빠르게 결론을 내렸다.

결국 후자를 택하기로 한 것이다.

이동하는 동안 물귀신들 중 한 놈이라도 고개를 돌리면 그대로 쫓기게 되는 불상사가 벌어질 수 있었지만 강혁은 그럼에도 후자를 택했다.

왠지 모르게 들키지 않을 것 같다는 촉이 섰기 때문이다.

"후우."

심호흡과 함께 다시금 물귀신들의 동태를 살핀 강혁은 조용히 건물 벽으로부터 나와 길목으로 접어들었다.

그리고는 교회까지 이어진 경로를 따라 일직선으로 걸음을 옮기기 시작한다.

"크헤엘… 안식을…."

"크륵, 크르륵…."

등 뒤로 물귀신들의 거북한 목소리들이 들려온다.

금방이라도 덮쳐들 것만 같은 느낌에 강혁은 몇 번이고 내달리고 싶은 충동을 느꼈지만 애써 충동을 가라앉혔다.

속도를 올려 뛰기 시작한 순간부터 잠행술의 효과가 풀리게 되기 때문이었다.

시야에 드러나지 않았기 때문에 지금은 어떻게든 들키지 않을 수 있었지만 잠행술이 풀리게 되면 굳이 눈으로 발각되지 않더라도 들키게 될 위험도 있었다.

"후욱… 성공이군."

다행히 강혁은 들키지 않고 목적지로 도달하는데 성공했다.

기억에 남겨진 길목을 따라 접어들자 마침내 교회의 모습이 드러난 것이다.

도심지의 한가운데에 있다고는 믿기 힘들만큼 크고 웅장한 건물이었다.

불길한 역십자가의 마크가 커다란 나무문의 위로 새겨져 있었으며 부지의 곳곳으로 쇠꼬챙이나 철조망 따위의 흉물

스런 구조물들이 있지만 않았다면 유서 깊은 문화재 중 하나라고 해도 믿을 정도로 고풍스러웠다.

'여기에는 물에 잠겼던 흔적 같은 것도 없는 것 같고 말이지.'

교회는 불과 얼마 전까지도 관리를 받은 듯한 모습이었다.

하지만 그런 겉모습과는 반대로 고요함이 가득한 교회의 문 앞에 선 강혁은 잠시 망설이다가 조심스럽게 문고리를 잡아 비틀었다.

딸칵-

별다른 잠금도 없이 순순히 열리는 문.

강혁은 그대로 몸을 밀어 안으로 들어섰다.

"......."

교회의 내부는 밖과 마찬가지로 고요했으며 또한 어두웠다.

숨을 죽인 채로 주변을 훑어 최소한의 안전을 다진 강혁은 이내 소방도끼를 내려놓고는 군용 나이프를 꺼내어 들었다.

이런 좁은 장소에서는 언제 부러질지 모르는 소방도끼보다는 나이프를 사용하는 편이 나을 거라는 판단에서였다.

딸칵-

랜턴을 들고 움직이기에도 편하고 말이다.

그렇게 랜턴 불빛에 의지해 전방을 살피며 막 발걸음을 옮겨가려 할 때였다.

[시험(5): 마녀의 손아귀]

-마녀는 침입자에게 있어 특히나 무자비합니다. 그녀로부터 살아남으세요.

-지금 당장 숨는다면 살아남을 수 있을지도 모릅니다.

(조언: 뛰세요!)

돌연 새로운 메시지창이 떠올랐다.

[남은 시간: 3초…]

미치도록 촉박한 카운트의 숫자와 함께 말이다.

'이런 미친!'

욕설과 함께 강혁은 생각을 멈추고 곧장 내달리기 시작했다. 위기를 벗어나는 가장 가까운 통로라고하면 바로 등 뒤에 있는 문이었지만 강혁은 교회의 안쪽을 향해 내달렸다.

조금만 생각을 해봐도 시스템이 주어주는 시련이 그런 식으로 쉽게쉽게 돌아갈 리가 없기 때문이었다.

타다다닥-

기척을 감추는 것도 소리를 죽이는 것도 모두 제쳐둔 채 속도를 내는 것에만 집중한 강혁은 곧 우측으로 접어드는 귀퉁이를 발견하고는 재빨리 꺾어들었다.

[남은 시간: 1초…]

이제는 정말로 시간이 없었다.

'어떤 식으로든 숨을 곳을 찾지 않으면……'

강혁의 눈동자 속으로 다급함이 깃들었다.

그러는 사이에도 시간은 야속하게도 줄어들고 있었다.

[남은 시간: 0초.]

카운트가 촉박한 시간의 끝을 알리며 붉은색의 경고 신호를 보내오고 있었던 것이다.

그리고 바로 다음 순간이었다.

터어엉-

커다란 문이 양옆으로 크게 열려지는 소리가 들려왔다.

강혁은 아직까지도 마땅히 숨을만한 곳을 발견하지 못한 상태.

[흐응? 쥐새끼가 숨어든 모양이네.]

문 쪽으로부터 속삭이는 듯하면서도 묘하게 귓가로 울려 드는 여성의 목소리가 들려왔다.

그러면서도 또한,

어디선가 들어본 듯 묘하게 익숙한 목소리가.

[아직 멀리가진 못한 모양이고.]

목소리는 마치 강혁에게 직접 말하기라도 하는 것처럼 속삭이며 교회의 안쪽으로 느긋한 발걸음을 옮기는 모습이었다.

아니, 발걸음을 옮기는 것은 아닌지도 몰랐다.

기척이 다가드는 것은 느껴짐에도 발자국 소리는 들리지 않았으니까.

[어디 있을까?]

마침내 강혁이 지나친 귀퉁이를 돌아 모습을 드러낸 목소리의 주인공은 좀 전에 입구 근처로 강혁이 버려두고 간 소방도끼를 손에 쥐고 있었다.

그제야 강혁의 머릿속으로 가벼운 후회가 스쳐갔다.

처음부터 문 쪽에서 위기가 닥쳐올 거란 걸 알았으면서도 멍청하게 흔적을 남겨두고 가다니…….

'안이하군, 안이해!'

머릿속을 채우는 스스로에 대한 비난과는 달리 강혁은 호흡조차 멈춘 채로 긴장감을 잔뜩 끌어올리고 있었다.

들키는 순간 끝장이라는 것을 눈치 챘기 때문이었다.

그리고 강혁은 또 한 가지 사실을 깨닫고 있었다.

'…살아있었어?'

목소리로부터 느꼈던 익숙함 데로 강혁은 교회로 들어선 존재에 대해서 이미 알고 있었다. 강혁에게 있어서는 잊을 수 없는 고통을 심어준 적이 있던 존재였기 때문이다.

'마녀…'

색이 다 바래고 곳곳이 찢어진 수녀복을 입고 있는 여성체의 존재. 그녀와는 언젠가 감옥 탈출 미션을 할 때에 마주친 적이 있었다.

당시의 강혁으로서는 상대할 엄두조차 낼 수 없을 만큼

강력한 능력을 지니고 있던 존재.

카론과의 만남을 통해 어떻게든 살아날 수 있었지만 만약 그의 도움이 없었다면 생존은커녕 도주조차 할 수 있었을지 의문스러울 정도 무시무시한 존재인 것이다.

'걸리는 즉시 죽음이다.'

지나온 시간만큼이나 많은 발전을 거친 강혁 본연의 능력이라면 어떻게든 상대할 수 있을지도 모르지만 허접하기 그지없는 지금의 몸 상태로는 단 1%의 승산도 점칠 수가 없었다.

[흐응… 꽤나 빠른 쥐새끼인 모양이구나.]

무언가를 느끼기라도 한 것인지 마녀는 시커먼 어둠만이 가득한 복도에 선 채로 주변의 모든 것들을 찬찬히 훑어보는 모습이었다.

사소한 흔적이라도 발견하면 즉각 찾아내겠다는 듯이.

그러나 시간이 지나도 별다른 이상을 찾지 못하자 마녀는 짜증이 난 듯 고개를 흔드는가 싶더니 이내 손에 쥐고 있던 소방도끼를 아무렇게나 집어 던졌다.

콰직-

바닥으로 선명히 박혀드는 도끼날을 보며 강혁은 더더욱 몸을 움츠리며 새어나오려는 숨을 두 손으로 틀어막았다.

마녀는 숨어있는 강혁의 존재를 알고 있다는 듯이 주변을 크게 훑으며 말했다.

[숨어봤자 소용없다. 이곳에 들어온 이상 네놈에게 도망칠 수 있는 방법은 없으니까. 붙잡히게 된 순간 차라리 죽여 달라고 애원할 정도로 괴롭혀주마.]

섬뜩한 경고의 말이었다.

하지만 그것을 끝으로 마녀는 기다란 복도를 지나쳐 깊숙한 어둠의 끝으로 사라졌다.

마치 처음부터 없었던 것처럼 감쪽같이 사라진 것이다.

"······."

기척이 완전히 사라졌음에도 불구하고 강혁은 숨을 죽인 채로 한참이나 더 웅크리고 있었다.

그렇게 10분이 더 지나고 나서야 강혁은 마침내 아래로 내려설 수 있었다.

"후, 제기랄."

마녀가 지나가는 동안 계속해서 천장에 매달려 있었다.

'아슬아슬 했어.'

그 흔해빠진 문도 없어 그저 길게 이어지기만 한 복도를 본 순간 강혁은 저도 모르게 위를 쳐다봤고 지붕을 잇는 것처럼 보이는 두터운 나무 뼈대를 발견하고는 즉각 벽을 박차고 뛰어 올랐다.

다행히 마녀가 등장하는 즉시 다가오지 않고서 조금이나 시간을 끌어준 덕분에 강혁은 늦지 않게 뼈대 위로 기어오를 수 있었고, 마녀가 지나가는 동안 계속해서 숨을 참고 버틸 수 있었다.

아래로 내려서 자세를 추스른 강혁은 마녀가 사라져간 복도 끝을 보다가 돌아서서 들어온 문 쪽으로 다가갔다.

철컥, 철컥—

어떻게 한 건진 모르겠지만 문은 굳게 닫혀 있었다.

마녀의 경고처럼 강혁은 이제 교회의 내부로 갇히게 된 것이었다.

[시험(6): 숨겨진 비밀]

—교회에는 세간에 감추어지고 있는 비밀이 있습니다. 탐색을 통해 그 비밀을 밝혀내세요.

—비밀을 찾는 것이 곧 탈출을 위한 지름길을 될 수도 있습니다.

(조언: 생존을 위해선 모든 것을 의심할 필요가 있습니다.)

그래도 마녀로써의 위협에서 '일단은' 벗어난 것이 사실인지 여섯 번째의 시험과 관련된 메시지창이 떠올랐다.

"그래. 왠지 이럴 것 같더라."

강혁은 반쯤은 포기한 것 같은 어투로 중얼거리고는 이내 한숨을 내쉬었다.

달아날 방법도 없고 시험까지 주어졌으니 이제는 앞으로 나아갈 수밖에는 없게 된 것이다.

'무기는… 이게 전부로군.'

원래부터 소방도끼는 사용할 생각이 없었지만 마녀의 손에 의해 지면에 박혀든 지금에는 더더욱 가능성이 없어졌다.

손잡이부터가 우그러져 있었으며 지면에 박혀든 충격으로 인해 도끼날이 이어지는 연결부 일부가 파손되어 버렸기 때문이었다.

몸 주변으로는 붉은색의 안개 같은 오라를 두르고서 기억하고 있던 것보다 한층 더 무서워진 모습으로 나타난 마녀.

그녀의 존재감을 생각하면 나이프는커녕 샷건을 쏘아대도 결코 상대할 수 있을 것 같진 않았지만, 막상 이런 상황이 닥치자 소방도끼의 존재도 아쉽게 느껴졌다.

'하지만 없는 건 없는 거니까.'

강혁은 애써 아쉬움을 지워버리고는 배낭을 열어 샷건의 탄환 박스와 초코바 몇 개만을 챙겨 주머니로 쑤셔 박은 뒤 배낭을 구석진 그림자 속으로 숨겼다.

앞으로의 일정에서 배낭 같이 거추장스러운 것을 메고 움직이기에는 분명 무리가 있을 테니까.

다행히 레이첼의 은신처를 떠나오며 샷건으로 끈을 연결시켜 두었기 때문에 가방이 없어도 등 뒤로 매는 데는 문제가 없었다.

"그럼…."

준비를 끝마친 강혁은 시커먼 음영만 가득한 복도의

끝을 노려보다가 이내 랜턴을 키고는 나이프와 교차해서 들었다.

"……."

적어도 빛이 닿는 곳의 시야 내에는 위험요소가 보이지 않는다. 입술을 꾹 다문 채로 강혁은 천천히 발걸음을 옮겨가기 시작했다.

그렇게 10여 미터를 더 걸어가자 강혁은 마침내 새로운 문을 발견할 수 있었다.

각각 정면과 좌측의 방향으로 나있는 문.

고심하던 강혁은 좌측은 문을 향해 손을 뻗었다.

확신하는 건 아니었지만 왠지 모르게 마녀는 정면의 문을 통해 사라진 것만 같은 느낌이 들었기 때문이었다.

끼이익…

을씨년스러운 소리와 함께 열려진 방안의 전경은 사람들이 쉬어갈 수 있는 대기실처럼 보였다.

일자형의 기다란 나무의자가 벽면으로 붙어 있었으며, 그 앞으로는 직사각형의 탁자형 테이블이 놓여 있다.

벽면의 귀퉁이로는 옷걸이가 자리하고 있었으며, 옷걸이의 위로는 누구의 것인지 모를 회색의 코트와 검은색의 중절모가 걸려 있었다.

'저거군.'

습관적으로 방 안의 전경을 훑어 특별한 것이 없는지 확인해본 강혁은 테이블의 아래까지 샅샅이 뒤지고 나서야 옷걸이를 향해 시선을 고정시켰다.

정확히는 옷걸이 위로 걸린 코트를 향해서 말이다.

강혁은 옷걸이로 다가가 코트를 꺼내어 들었다. 그리고는 손을 뻗어 주머니들을 뒤지기 시작했다.

"역시나."

얼마 지나지 않아 강혁은 코트 속에서 무언가를 찾을 수 있었다. 안주머니의 깊숙한 곳으로부터 검은색의 열쇠가 발견된 것이다.

발견된 것은 열쇠뿐만이 아니었다.

'USB?'

열쇠가 발견된 안주머니의 반대쪽의 주머니에는 은색의 고급스런 담뱃갑이 있었는데, 안을 열어보자 USB드라이버가 나왔다.

"미치겠군."

강혁은 한숨과 함께 고개를 내저었다.

이렇게 되면 앞으로의 일정이 확정되는 느낌이기 때문이다.

처음부터 가야하는 길은 하나 밖에 없었다.

'결국 거기로 가야한다는 말이지.'

혹시나 해서 대기실 전체를 뒤지며 비밀 통로가 있지는 않나 살펴보기도 했지만 안타깝게도 그런 행운은 발견되지 않았다.

딸각—

대기실 밖으로 빠져나온 강혁은 다시 정면의 문 앞에 섰다.

이제 이 앞으로 들어서면 진정한 공포가 시작될 터.

그리고 강혁은 그 안에서 들키지 않고 숨어 다니며 열쇠와 USB드라이버의 사용처를 찾아야만 했다.

"……."

솔직한 심정으로는 당장 돌아서서 밖으로 나가고 싶은 기분이었지만 이제는 그럴 수 있는 방법도 없지 않은가.

강혁은 애써 본능의 경고를 무시하고는 문고리로 손을 얹었다. 그리고는 재차 심호흡을 하며 문고리를 비틀어 안쪽으로 민다.

끼이이이…

"윽!"

예상보다 훨씬 더 큰 소리가 복도와 문 너머의 홀로 가득 울렸다.

문의 너머는 예배당으로 추정되는 커다란 홀이었다.

정면으로는 커다란 단상과 함께 설교대가 설치되어 있었으며, 그 뒤로는 뭔가 형언할 수 없는 거대한 형상과 함께 역십자가의 마크가 새겨져 있다.

'기분 나쁜 그림이군.'

마치 휘몰아치는 폭풍처럼도, 꼬여 올라가는 연기처럼도 보이는 거대한 형상의 그림은 그 자체로도 불길함을 전하는 느낌이었다.

아마도 저것이 이들 모두가 숭배하는 신을 말함일 터.

만약 그 가정이 맞는다면 신이라는 존재가 결코 선한 존재는 아닐 거라는 생각이 들었다.

"후욱… 후욱…."

그림을 쳐다보면 볼수록 숨이 조여 오는 듯한 느낌에 강혁은 애써 시선을 아래로 내리고는 빠르게 단상의 아래로 깔린 벤치형의 의자들을 지나쳤다.

단상의 좌우로 각기 이어지는 문을 발견했기 때문이었다.

강혁은 그 중 오른쪽의 문으로 발걸음을 향했다.

찰칵찰칵-

'잠겼군.'

오른쪽의 문은 굳게 잠겨 있었다.

혹시나 해서 열쇠를 들이밀어 보았지만 맞지 않았다.

이제 남은 통로는 왼쪽에 있는 문뿐.

강혁은 자세를 낮춘 채로 재차 주변을 둘러보고는 왼쪽의 문을 응시했다. 그리고 천천히 발걸음을 문을 향한 발걸음을 옮겨놓으려는 참이었다.

오싹!

순간 등골을 타고 오르는 소름에 강혁은 즉각 행동을 멈추고 더 깊숙이 자세를 낮추었다.

그와 동시에,

콰앙-

"크워어억-!"

문을 박살내며 추적자가 홀의 내부로 그 모습을 드러냈다.

마녀에 대해 걱정하는 것만으로도 벅찰 지경인데 기어코 추적자가 강혁의 뒤를 밟는데 성공한 것이다.

강혁은 아예 바닥에 엎드리다시피 한 채로 숨을 죽였다.

적어도 시야에 발견되지 않는 이상은 아직 위기라고는 할 수 없었기 때문이었다.

"크우우우…."

마치 짐승과도 같은 울음소리를 머금으며 추적자는 홀의 입구에 선 채로 주변을 크게 둘러보는 모습이었다.

족히 10미터는 떨어져 있는 거리에도 불구하고 눈에 걸리는 것은 무엇이 됐든 파괴시켜버릴 것만 같은 흉포함이 피부가 따갑도록 선명히 전해져 왔다.

'…일단 들키진 않은 것 같은데?'

다행히 빠르게 자세를 낮춘 탓에 추적자는 강혁의 모습은커녕 그에 대한 사소한 흔적조차 발견하지 못한 것처럼 보였다.

입구에 선 채로 그르럭 대며 서성이기만 하는 모습.

하지만 다음 순간 강혁은 이를 악물어야만 했다.

'그냥 좀 가라고!'

아무리 돌아보아도 흔적을 찾지 못하자 분을 참지 못한 추적자가 식식거리며 의자가 있는 곳들을 향해 다가들고 있었기 때문이었다.

이대로 계속 있다가는 결국 놈의 수색에 걸려들 수밖에 없었다.

'어떡하지?'

다급해져가는 상황 속에서 강혁의 시야로 가장 먼저 들어온 것은 애초에 가려고 했던 단상의 왼쪽의 통로였다.

거리상으로도 멀지 않으며 상식선으로 봐도 생존이 가능성이 가장 커 보이는 경로.

하지만 강혁은 이내 고개를 흔들었다.

추적자가 왼쪽의 방향부터 먼저 수색의 범위를 좁히고 있었기 때문이었다.

지금의 속도라면 이런 식으로 기어서 움직일 경우 반드시 들킬 수밖에 없었다.

'뛴다면 잡히지 않고 달아날 수 있을지도 모르겠지만……'

그 경우에는 위험도가 너무나도 컸다.

만약에 왼쪽의 문마저 잠겨 있으면 그대로 사망 엔딩을 찍게 되는 셈이니까 말이다.

이게 저장과 불러오기가 가능한 게임이었다면 무엇이 됐든 일단 시도하고 봤겠지만 안타깝게도 이건 속편이 풀어갈 수 있는 게임이 아니었다.

'그럼 남은 선택지는 뭐가 있지?'

점점 더 가깝게 다가드는 추적자의 모습을 살피며 강혁은 빠르게 주변을 살폈다. 그리고 이내 강혁은 단상 우측의 중앙벽면에 들어선 구조물을 발견할 수 있었다.

'저기다!'

강혁의 시야에 들어온 것은 다름 아닌 참회실이었다.

본래의 용도조차도 폐쇄적인 밀담을 위한 장소이니만큼 고립되어 뒤가 없는 곳이긴 했지만…….

'지금은 찬밥 더운밥 가릴 때가 아니니까.'

숨기 위한 용도로만 보자면 참회실은 썩 나쁘지 않은 장소였다.

강혁은 엎드린 채로 즉각 포복을 해서 참회실로 이동했다.

다행히 아직 추적자가 있는 위치에서는 이쪽이 보이지 않는 상태. 게다가 놈은 반대쪽을 수색하느라 등을 돌리고 있는 상태였다.

'지금!'

참회실의 문 앞에 도달한 강혁은 추적자의 눈치를 살피다가 이내 최대한 소리를 죽여 문을 연 다음 안으로 들어섰다.

딸칵-

희미한 문소리만이 남긴 채 참회실의 안으로 숨어드는데 성공한 것이다.

일단 추적자의 시야에서 벗어나야만 한다는 첫 번째의

전제상황은 극복한 셈.

하지만 안심하고 있을 수는 없었다.

추적자가 참회실 안까지 수색하지 않는다는 보장은 없었기 때문이었다.

'빠르게 여길 떠야해. 하지만 어떻게?'

어둠 속에 기대어 앉은 채로 강혁은 필사적으로 머리를 굴렸다.

그러는 사이 바깥에서는 식식거리는 추적자의 그르럭대는 숨소리와 함께 의자들을 마구 헤집으며 돌아다니는 소리가 실시간으로 가까워지고 있었다.

딸칵-

고민 끝에 강혁은 꺼 두었던 랜턴을 다시금 켰다.

그리고는 빠르게 곳곳을 비춰보기 시작했을 때였다.

"응?"

천장과 벽면이 완전히 막혀있다는 것을 확인한 강혁은 바닥 쪽에서 어긋난 홈 같은 것을 발견할 수 있었다.

다른 곳은 나무판자들이 일정한 각도로 엮여지고 있었는데 유독 중앙의 바닥만큼은 나무판자의 방향이 반대로 이어져 자그마한 틈을 만들고 있었던 것이다.

강혁은 일말의 망설임도 없이 바닥의 홈으로 손을 뻗었다.

딱 손가락이 들어가기 좋을만한 크기의 홈이었다.

덜컥-

"…!"

강혁의 눈가로 희열의 감정이 들어섰다.

나무판자를 들어내자 좁긴 하지만 분명 사람 하나 정도
는 들어갈 수 있는 정도의 땅굴이 뚫려 있었기 때문이다.

'이 정도면 충분히 지나갈 수 있어!'

구멍은 몸을 잔뜩 웅크리고 기어서야 겨우 지나갈 수 있
을 만큼 좁았지만 강혁은 망설임 없이 샷건을 풀어 땅굴의
너머로 집어넣었다.

나이프까지 칼집에 집어넣어 고정시킨 강혁은 그대로 땅
굴을 향해 머리를 들이밀었다.

"후읍."

땅굴 속에 갇혀있던 공기의 냄새는 그다지 좋지 않았다.

몸과 팔뚝으로 와 닿는 흙의 촉감 역시도 최악.

하지만 강혁은 조금의 망설임도 없이 축축한 땅굴을 기
며 손을 뻗어 진흙을 파헤쳤다.

"후욱… 후우…."

다행히 땅굴은 그리 길지 않았다. 움직이기 시작한지 불
과 3분도 지나지 않아 땅굴의 반대편으로 도달할 수 있었
던 것이다.

'응? 그런데 여기는…….'

나무판자를 열고 밖으로 나와 의식적으로 주변을 살펴던
강혁의 눈동자 속으로 이채가 감돌았다.

처음 와본 장소임에도 불구하고 대강 어디인지 알 것 같은

기분이 들었기 때문이었다.

무엇보다도 아직 홀을 헤집어대고 있는 추적자의 소리가 가까이에서 들려오고 있었다.

"허!"

강혁이 빠져나온 곳은 잠겨있던 우측 문의 너머였다.

우연찮게 발견한 땅굴을 통해 앞으로 가로막고 있던 난제를 해결해낸 것이다.

'이걸 전화위복이라고 해야 하는 건지……'

강혁은 낮게 혀를 차며 옷과 샷건에 묻은 진흙과 흙먼지들을 털어냈다.

"크워어어억-!"

가까운 문의 너머로는 광분하여 난리를 치고 있는 추적자의 포효소리가 선명히 들려오고 있었다.

문득 호기심이 동한 강혁은 기척을 죽인 채로 문으로 다가갔다. 우측 통로의 문으로는 감옥의 그것처럼 상단으로 열고 닫을 수 있는 창이 매달려 있었다.

반대편에 있을 때는 창마저도 닫혀 있어서 확인할 수 없었지만 손잡이를 쥘 수 있는 지금의 위치에서는 충분히 조절할 수 있었다.

사아악…

강혁은 소리 없이 창을 열었다.

그러자 한층 더 선명하게 들려오는 소음들.

"크워어억! 크악!"

쿠당탕! 콰직! 콰드드득!

홀을 샅샅이 훑었음에도 강혁을 찾지 못한 분노 때문인지 추적자는 스스로의 분기를 참지 못하고 가지런히 쌓여 있던 의자들을 마구 걷어차고 집어던지며 포효하고 있었다.

저대로 계속 됐다가는 아예 홀을 떠나서 교회 자체를 파괴할 것만 같은 기세.

바로 그때였다.

"쿠르륵?"

마음껏 활개를 치다보니 어느 정도는 분이 풀렸는지 잠시 멈추어 있는 것처럼 보이던 추적자가 돌연 한쪽으로 시선을 향했다.

"…!"

추적자가 시선을 향한 곳은 다름 아닌 참회실 쪽이었다.

홀을 샅샅이 뒤지고 파괴하고 나서야 드디어 시선이 참회실까지 닿은 것이다.

"쿠르르륵…!"

무언가의 확신이라도 한 것일까?

추적자는 마치 웃는 것과도 같은 소리를 내며 참회실을 향해 걸어갔다.

그리고…

다음 순간이었다.

기이이이잉-!

시끄럽게 울려 퍼지는 전기톱의 엔진소리.

그와 동시에 전기톱을 움켜쥔 추적자의 팔이 역동적으로 휘둘러졌다.

가가가가각-

콰직, 콰지지직-

"크워어어억!"

포효와 함께 휘둘러진 전기톱은 참회실의 벽면을 단숨에 갈아버리며 뼈대 자체를 박살내버렸다.

튼튼한 나무의 재질로 만든 것처럼 보이던 참회실이 마치 수수깡이라도 된 것처럼 손쉽게 부서지고 있었던 것이다.

콰드드드득-

콰직- 콰가가각-

추적자는 쉬지 않고 전기톱을 휘둘러 댔다.

참회실이 박살이 나다못해 아예 가루가 되어버릴 때까지 말이다.

'죽을 뻔 했군.'

난폭하다 못해 광기조차 엿보이는 추적자의 파괴행위를 지켜보며 강혁은 마른침을 삼켰다.

만약 땅굴을 발견하지 못했더라면… 아니, 그 시가가 조금만 늦었더라도 어떻게 되었을지 모르는 일이었다.

적어도 저기에 계속 있었다면 무너지는 참회실의 잔해와 함께 토막이 나서 고깃덩이가 되고 말았을 터.

"후우… 제길."

상상을 하자 한층 더 밀려오는 공포에 심장이 저려오는 것을 느끼며 강혁은 조용히 창을 닫아걸고는 문으로부터 천천히 물러났다.

그리고는 문의 앞으로 독 함정의 문양을 그리는 것이다.

혹시나 놈이 이쪽의 문마저 파괴하고 들어섰을 때를 대비하기 위함이었다.

'여기도 빨리 떠야겠어.'

결의를 다진 강혁이 랜턴을 켜서 반대편의 통로를 비추었다.

역시나 복도의 형태로 이어지고 있는 통로.

하지만 여태까지의 지나왔던 곳들과는 달리 이번의 복도는 양옆으로 문이 꽤 많이 보이고 있었다.

강혁은 그중 가장 가까운 곳에 위치한 문을 향해 먼저 다가섰다.

찰칵찰칵-

"역시나 잠겼군."

열쇠를 맞추어보았지만 역시나 맞지 않았다.

그렇게 강혁은 차례로 문을 살폈지만 하나같이 열려있는 곳은 없었다.

철커덕-

"음?"

특이점을 발견한 것은 복도의 거의 끝까지 닿았을 때였다.

끄트머리의 좌측에 있던 문으로 매달려 있던 자물쇠로 가지고 있던 열쇠가 맞아 들어간 것이다.

교회 대기실의 코트로부터 구한 열쇠가 아니라 버려진 트레일러로부터 습득했던 열쇠였다.

끼기기긱─

최대한 조심해 열려고 했음에도 불구하고 녹슨 경첩이 비명을 질러대며 고요한 복도를 울렸다.

덕분에 긴장하며 저도 모르게 어깨를 움츠렸던 강혁이었지만 다행히도 복도는 다시금 고요 속으로 잠겨드는 모습이었다.

"후욱…."

답답한 숨을 토해내며 강혁은 자물쇠를 해제한 문의 너머로 들어섰다. 들어서자마자 오랫동안 갇혀있던 퀴퀴한 냄새가 코끝을 반겼다.

'여긴… 숙소 같은 건가?'

랜턴의 불빛 너머로 비추어진 방안의 전경은 남루했으며 또한 간소했다.

가구라고 해봤자 한 사람이 겨우 누울 수 있을만한 크기의 침대와 그 앞에 자리한 책상과 의자 밖에는 없었으니까 말이다.

혼자만이 머물 수 있는 1인실이라는 것만 제외하면 방안의 구조는 분명 기숙사와도 같은 형태를 취하고 있었다.

어떻게 봐도 별로 특별할 것은 없어 보이는 방안.

하지만 강혁은 곧 눈에 띄는 무언가를 발견할 수 있었다.

빈 책상의 위로 마치 보란 듯이 낡고 두꺼운 노트 하나만이 가지런히 놓여 있었던 것이다.

'일기장?'

펼쳐본 노트의 첫 장에는 날짜와 함께 간략한 글귀들이 쓰여 있었다.

그렇게 노트를 넘겨 안의 내용들을 확인하던 강혁은 이내 페이지를 넘겨 가장 글귀가 새겨진 가장 마지막의 장을 펼쳤다.

"흐음."

그리고,

강혁은 마침내 단서라고 할 만한 것을 발견할 수 있었다.

–나는 오늘 오랜 친우의 등으로 배신의 칼날을 박으러 간다.

회고와도 같은 문장으로 시작되는 글귀에는 일기장의 주인이 당시에 글을 쓸 당시에 품었던 회한과 후회가 가득 묻어나고 있었다.

희미한 기억의 너머로 단편적으로나마 본적이 있었던 것 같은 일기장.

일기장은 분명 트레일러에서 홀로 쓸쓸히 시체로 남겨졌던 남자가 죽기 전 남긴 과거였다.

　강혁은 글 속에서 뭔가 숨겨진 단서를 얻을 수 있을 것만 같은 기분을 느끼며 천천히 한 남자의 마지막이 남겨진 글을 읽어 내려가기 시작했다.

톱스타의 킬링필드

Hell is coming

chapter 4. 우정 뒤에

Hell is coming

chapter 4. 우정 뒤에

『나는 오늘 오랜 친우의 등으로 배신의 칼날을 박으러 간다. 인간이 아닌 무언가가 되기 위해서. 그리고 내 가장 소중한 것을 지키기 위해서다.』

그러한 문장과 함께 시작된 일기에는 가족을 지키기 위해 가장 친한 친구마저 제물로 바칠 수밖에 없던 한 남자의 처절한 심정이 깃들어 있었다.

짤막하고도 기다란 일기의 내용을 모두 훑어 내린 강혁은 이내 일기장의 내용들을 모두 살펴볼 수밖에 없었다.

미묘한 문장의 흐름들에서 완전하지 않은 단서의 흔적들만을 읽을 수 있었기 때문이었다.

그렇게 읽어 내린 일기장의 내용을 간추리자면…….

먼저 일기장의 주인은 그레이엄이라는 남자로서 그는 한스라는 남자와는 어릴 적부터 함께 자라온 소꿉친구였다.

공부에는 취미가 없었기에 일찌감치 학업을 그만두고 공사판으로 뛰어든 그레이엄과는 달리 한스는 매번 학년 수위를 다투며 끝내는 명문 대학의 교수직까지 꿰찬 수재였지만, 그들은 나이가 들어서까지 서로를 잊지 않고 연락을 하고 만남을 이어왔던 것이다.

친구라는 것에 가치를 매긴다면 이것은 충분히 '진짜'라고 부를 수 있을만한 값어치가 있었다.

특히나 그레이엄에게 있어서 한스는 그가 가진 몇 없는 자랑거리이기도 했기에 더더욱 두 사람의 친분은 각별해질 수밖에 없었다.

다만 다른 점이 있다면… 그레이엄의 가슴 속에는 오랜 친우에게 호의만이 담겨있지는 않았다는 점.

그는 친구를 사랑하는 동시에 부러워하고 질투했다.

제법 미인인 부인을 맞이하고, 딸도 둘이나 두었지만…….

'행복은 결국 만족하는 자의 것이라고 했던가.'

그레이엄에게는 항상 채워지지 않는 갈증이 있었던 것이다.

그리고 그것은 친우를 만날 때마다 더욱더 심해졌다.

하루하루 공사판을 전전하며 치열하게 살아가는 자신과는 달리 이름만 들어도 알 수 있을 법한 명문대의 교수로서 살아가는 한스의 삶은 스치듯 듣는 것만으로도 위가 쓰려올 정도로 화려해보였기 때문이었다.

하지만 족히 20년은 되는 시간이 지나며 벌어진 거리는 결코 좁혀지지 않을 것이라는 걸 알았기에 그레이엄은 애써 스스로의 추한 감정을 드러내지 않았다.

그 날이 오기 전까지는 말이다.

다크 메시아가 세상으로 그 모습을 드러낸 날.

그 누구도 예상치 못한 폭발적인 성장으로 단숨에 도시를 점거한 다크 메시아의 영향권에서는 그레이엄도 결코 무사할 수는 없었다.

운이 좋게 초기의 난리를 피하고 어떻게든 숨어드는데 성공했지만 끝내 발각되고 말았던 것이다.

바로 그때 다시 만나게 된 것이 한스였다.

하지만 그들의 사이에 있는 한스의 모습은 그레이엄의 예상과는 사뭇 달랐다.

발각되는 즉시 그 자리에서 죽이거나 괴상한 약을 먹인 뒤 세뇌해서 같은 광신도로 만들어버리는 모습들과는 달리 그는 멀쩡한 정신과 모습을 한 채로 대우받고 있었기 때문이었다.

끌려가기 직전 교회에서 한스에게 발견된 그는 덕분에 풀려나고 가족들 역시도 함께 보호받을 수 있었다.

교회의 내부를 청소하는 하찮기 그지없는 일거리를 받았지만 스스로의 존재가 말살되지 않은 '인간' 그레이엄의 모습 그대로 살아갈 수 있게 된 것이다.

그야말로 친구 덕을 봤다고 밖에는 할 수 없는 상황.

하지만 절망 속에서 마주한 친우를 보고서 그가 느낀 감정은 지독한 시기와 질투였다.

어째서 저 놈은 이런 상황에서조차 대우를 받을 수 있는 거지? 대체 뭐가 잘나서?

생각해보면 좀 더 어린 시절 꼬마들의 무리 속에서 리더의 역할을 했던 것은 그레이엄이었다.

아마 그때가 시작점이었는지도 몰랐다.

수십 년 동안 쌓여온 우정의 얄팍한 두께 위로 선명한 금이 새겨진 것이.

아무튼, 친구의 덕분에 그레이엄은 청소 일을 하며 나름의 삶을 영위해갈 수 있었다.

아내와 딸 역시도 신도들의 식사를 만들거나 빨래 등의 허드렛일을 하며 지낼 수 있게 되었고 말이다.

결코 좋은 취급을 받는다고는 할 수 없었지만 처절할 정도로 불쌍한 취급을 받는 다른 여성들에 비하면 두 사람의 대우는 훨씬 괜찮은 편이었다.

그렇게 그레이엄이 바뀐 삶에 적응해가며 알게 된 사실은 이 블랙 메시아라는 교단으로는 교주 외에도 강력한 힘을 지닌 존재가 더 있다는 점이었다.

신녀라고도 불리는 수녀복 차림의 여성이었는데 창백한 피부에 날카로운 눈매를 지니고 있어서 섬뜩한 느낌이 들긴 했지만 아내와는 비교도 할 수 없을 만큼 아름다운 미녀였다.

대부분 모습을 보이지 않는 교주와는 달리 그녀는 교회 곳곳을 돌아다니며 신도들에게 명령을 내리며 교회를 관리했다.

마치 교단의 진정한 실세처럼도 보이는 모습.

때문에 그레이엄은 그녀가 지날 때마다 힐끔힐끔 훔쳐보며 두려워하면서도 동시에 동경했다.

그레이엄이 알게 된 사실은 그것뿐만이 아니었다.

그저 조금 대우받는 것 정도로 생각했던 친구의 위상이 생각보다 더 높다는 것을 깨닫게 된 것이다.

자세한 내막은 알 수 없었지만 한스는 분명 교주에게 총애를 받고 있었다.

그에게조차 확실한 이야기는 꺼내지 않았기에 어렴풋이만 아는 일이었지만 그는 교주의 명을 받아 무언가에 대해 연구하고 있는 것처럼 보였다.

바로 그 연구 때문에 교단 내에서는 거의 무소불위에 가까운 위상을 지니게 되었고 말이다.

그 때문일까?

한스는 신녀와 그다지 사이가 좋지 않았다.

'명백한 적대관계였단 말이지.'

정확히 말하자면 한스 쪽에서는 무시하고, 신녀 쪽에서는 혐오감을 드러내는 정도의 수준이었다.

아무튼, 자신과는 관련 없이 교회 내부로 새겨지는 두 사람의 알력을 살피며 시간을 보내고 있을 때였다.

어느 날. 믿기 어렵게도 신녀가 먼저 그레이엄에게로 다가왔다.

하지만,

그것은 결코 달콤한 호의가 아니었다.

[네가 날 좀 도와줘야 되겠는데?]

부탁을 가장한 협박을 가해왔기 때문이었다.

한 번도 본적이 없는 미소를 머금은 채 다가온 그녀는 가족을 빌미로 그에게 명령을 내렸다.

오랜 친우의 등 뒤로 배신의 비수를 박아 넣어야만 하는 일에 대해서 말이다.

수없이 함께 세월들이 스쳐지나가며 거절의 의사가 떠올랐지만 그레이엄은 그 말을 입 밖으로 토해낼 수가 없었다.

[거절해도 좋아. 하지만 그랬다간 가족들이 무사할지는 모르겠네. 지나가다보니 딸이 참 귀엽던데 말이야.]

그레이엄은 청소 때문에 여성들이 갇혀있는 감옥으로 들어간 적이 있었다.

때문에 그녀들이 어떤 취급을 받는지 잘 알고 있었다.

그곳이 얼마나 지옥 같은 장소인지에 대해서도.

[후후, 잘 선택했어.]

끝내 그레이엄은 신녀의 명령을 따를 수밖에 없었다.

깊이 사귀어온 친구와의 우정이라고 해도 피를 섞은 딸의 삶보다 중요하지는 않았으니까.

신녀가 내린 명령은 생각보다는 꽤 간단한 것이었다.

친구의 방으로 잠입해 노트북에 있는 자료를 모두 지워버리는 것.

아무리 공사판을 전전해왔던 그라고 해도 어릴 적에는 컴퓨터 게임에 빠져 살았던 때도 있었기에 포맷을 하는 법을 모를 리는 없었다.

지워야만 할 구체적인 파일명이나 폴더명 따위를 듣기도 했고 말이다.

신녀와 헤어진 그대로 자신의 방으로 돌아온 그레이엄은 수없이 고민하며 번뇌하다가 결국 일기를 쓰고는 밤에 한스를 불러냈다.

그리고는 늘 그러하듯 넓고 고급스러운 그의 방에서 술판을 벌여 그를 취하게 만들었다.

익숙지 않은 폭탄주를 연거푸 들이킨 탓에 한스는 금세 쓰러지고 말았다.

그리고 홀로 남은 방안에서 그레이엄은 번민하다 끝내 노트북을 켜고 포맷을 실행해 그 안의 내용물들을 모조리 다 지워버린 뒤에야 방을 나섰다.

그렇게 다음날이 밝았을 때. 그레이엄은 자신이 저지른

일이 어떤 것인지 깨달을 수 있었다.

[감히 나를 기만하다니!]

[이래서 제가 버려지는 믿는 게 아니라고 했잖아요?]

격분한 교주의 앞에서 한스는 무형의 힘에 결박되어 들어 올려 져서는 산 채로 찢겨지고 있었다.

그리고 마지막 순간 눈이 마주친 한스의 입모양을 본 순간 그레이엄은 스스로에 대한 강렬한 혐오에 휩싸일 수밖에 없었다.

'괜찮아. 네 탓이 아니야.'

유언이라고도 할 수 있던 친구의 마지막 말이었다.

처음부터 그는 알고 있었던 것이다.

평소와는 다른 친구의 행동과 반응을 살피며 무언가가 잘못되었다는 사실을 말이다.

때문에 알면서도 거절하지 않고 술을 족족 받아들었고 기절할 정도로 취하지 않았음에도 먼저 쓰러지며 주도적으로 의식을 놓았다.

그로 인해 자신이 죽게 되리라는 것을 잘 알고 있으면서도.

한스는 스스로의 목숨마저 버려가며 그레이엄과의 우정을 지켰던 것이었다.

반면 그레이엄은 친구의 불행을 예상하면서도 오히려 더 욕심을 부렸었다.

말 그대로 딜(거래)을 했던 것이다.

그것은 바로 자신에게도 특별한 힘을 달라는 것이었다.

그저 미쳐있는 것 외에는 별다를 것도 없는 일반 신도들과는 달리 신녀는 정말로 기적과도 같은 힘을 지니고 있었다.

그레이엄은 그 힘의 일부분, 아니 티끌만큼이라도 가지길 원했다.

'그러면 스스로도 특별해질 수 있을 거라 생각했겠지.'

결과적으로 신녀는 그레이엄의 제안을 받아들였었으며, 임무가 끝난 뒤에는 정말로 약속을 지켰다.

특별한 힘이 깃든 근원이라며 손톱만한 크기의 구슬을 건넨 것이다.

구슬의 중심에는 섬뜩한 눈알의 모양이 깃들어있었다.

친구의 죽음과 맞바꾼 달콤한 보상의 모습.

하지만, 삼키면 된다는 친절한 설명에도 불구하고 그레이엄은 이후 이틀 동안이나 구슬을 삼키지 않았다.

친구의 마지막과 함께 전해졌던 한마디가 너무나도 그를 수치스럽게 만들고 있었기 때문이었다.

그러나 결국 시간은 감정을 무디게 만들었으며, 새삼스럽게 가라앉히고 있던 욕망의 얼굴을 다시 마주한 그레이엄은 일기장의 마지막장을 채우고는 밖으로 나섰다.

구슬을 삼킴으로써 자신에게도 특별한 무언가의 변화가 시작되기를 빌면서.

"한심스러운 삶이군."

강혁은 신녀가 그레이엄에게 건넨 구슬이 무엇인지 알고 있었다.

'악마의 룬.'

과거 지하 감옥을 탈출할 때에 카론에게 힘을 불어넣어 주었던 물건이었다.

그때 강혁이 찾아서 건넸던 것과는 달리 그레이엄이 받은 구슬은 그 크기부터가 차이가 났지만 그 효과만큼은 같다고 가정한다면… 그는 아마도 지금쯤 괴물이 되어 있을 것이었다.

적어도 카론은 그의 눈앞에서 요기를 풀풀 풍기는 해골 기사로 변하고 말았었으니까.

'신녀는 결국 마녀를 말하는 거겠지.'

어째서인지는 모르겠지만 레이첼들이 말하는 파도의 재앙이 오기 전까지는 마녀 역시도 인간의 형태를 취한 채로 지내고 있었던 모양이었다.

"이제 대강 이야기의 흐름은 알겠군."

노트를 다시 책상의 위로 내려놓으며 강혁은 고개를 주억거렸다. 아직 궁금한 부분은 많이 남아있었지만 적어도 확고한 방향성이 주어졌기 때문이었다.

대기실 코트에 숨겨져 있던 USB드라이버.

그것은 분명 한스의 안배임이 틀림없었다.

백업파일을 따로 숨겨뒀던 거라면 그것을 밝히기만 하면 될 일인데 목숨을 놓으면서까지 끝내 발설하지 않은 물건인 것이다.

'이게 뭔지 알기 위해서는 우선 한스의 방으로 갈 필요
가 있겠어.'

그의 방에는 분명 노트북이 방치되어 있을 것이었다.

그것을 통하면 USB의 내용물을 알 수 있게 되리라.

❖

"……."

한스의 방을 찾는 것은 그리 어렵지 않았다. 그레이엄의
방으로부터 불과 두 칸만 더 가면 되었기 때문이다.

자신의 눈이 닿지 않는 곳에서 생길 박해를 대비해 한스
는 그레이엄과 그 가족들의 보금자리를 자신과 가까운 위
치에 두었다.

'확실히 크긴 크네.'

다행히 한스의 방은 잠겨 있거나 하진 않았다.

오히려 활짝 열려 있는 모습이었다.

끼이익…

반쯤 부서진 채 삐걱대고 있던 문을 밀자 그레이엄의 방
에 비하면 족히 3배는 될 법한 크기의 방이 보인다.

하지만 강혁은 곧 고개를 갸웃거릴 수밖에 없었다.

방의 전경으로부터 다른 곳들과는 다른 위화감이 느껴졌
기 때문이었다.

'이곳만 수리되지 않았어?'

레이첼의 말에 의하면 전체적인 수해를 겪었음에도 불구하고 교회의 건물만큼은 깨끗했다.

단순히 관리를 받거나 청소를 하여 깨끗해졌다던가 하는 수준의 이야기가 아니었다.

주변으로 비추는 전경들과는 위화감이 들 정도로 깔끔하고 또한 선명했기 때문이었다.

그레이엄의 방에서 본 모습들이 그 증명이었다.

만약 인력에 의해 만들어진 모습이라면 분명 그레이엄의 방 역시도 청소되었을 테니까.

그러면 일기장 따위가 남아있었을 리가 없었다.

'재생 혹은 시간 역전.'

지금 교회의 모습은 마치 파도가 지난 이후로 건물만을 되돌린 것만 같은 형태였다.

구석구석 자세히 뜯어본 것은 아니지만 지금의 교회에는 수해를 맞이했던 건물로써의 어떠한 흔적도 찾아볼 수가 없었기 때문이었다.

하지만,

유독 한스의 방만은 사정이 달랐다.

'보복인가? 아니면 본보기?'

문이 박살나 있는 것은 둘째 치고 한스의 방안은 수해가 지나친 흔적들이 그대로 남아 있었다.

여기저기 눌러 붙어 있는 벽지나 그 위로 잔뜩 새겨진

곰팡이들. 그리고 잔뜩 삭아서 본래의 색을 잃어버린 목재 가구들이 눈에 뜨인다.

본래라면 무언가의 실험을 위해 쓰여 졌을 것으로 추정 되는 빈 수술대의 모습과 물기로 쪼그라든 책자들이 잔뜩 꽂혀 있는 책상까지.

"역시 그렇게 쉬울 리는 없나."

강혁은 고개를 내저으며 작게 한숨을 내쉬었다.

사실 어느 정도는 지금과 같은 상황을 예상하고 있었기 때문이었다.

단서를 얻은 장소로부터 불과 5미터 정도 밖에는 떨어지 지 않은 곳에서 흐름을 이어갈 수 있다니……, 그렇게 쉽게 흘러가 줄 리가 없지 않은가.

적어도 강혁이 여태껏 파악해온 시스템의 흐름은 그런 것이 아니었다.

'항상 한계이상을 요구하지. 만약 극복하지 못하면 죽어 버리는 편이 차라리 낫다는 듯이 말이야.'

그것을 누구보다 잘 알고 있기에 강혁은 한스의 방에서 노트북을 찾지 못했음에도 크게 실망하지 않고 간단히 방 을 수색한 뒤 다시 복도로 나섰다.

한스의 방은 복도의 가장 끄트머리에 위치해 있었다.

그의 방을 나서면 곧 복도의 끝과 마주하게 된다는 뜻이 다.

"결국 여기인가."

복도의 끝으로는 양옆으로 늘어진 다른 문들과는 그 이미지가 다른 커다란 문이 들어서 있었다.

복도로 들어섰을 때부터 눈에 뜨이던 문이었다.

문으로는 별다른 잠금장치 같은 것을 찾아볼 수 없었다.

"후우…."

강혁은 문 앞에 선 채 심호흡을 했다.

이 문을 열어젖히면 왠지 모르게 또 다른 분기점이 나타날 것만 같은 기분이 들었기 때문이었다.

하지만 그렇다고 해서 망설이고 있을 수만은 없으니까.

강혁은 결국 고리형의 문고리를 움켜쥐었다.

그그그극…

그리고는 힘을 주어 문을 잡아당긴다.

제법 묵직한 문의 한쪽을 완전히 당겨서 열자 그 너머에 감추어지고 있던 공간들이 그 모습을 드러낸다.

"으음…."

문의 너머로 이어지고 있는 것은 계단이었다.

벽면에 매달린 횃불들로 희미하게나마 비추어지고 있는 계단이 아래를 향해 길게 이어져 있었다.

'또 지하냐……'

강혁의 미간이 찌푸려졌다.

여태까지의 경험상 지하로 들어가서 좋은 일이 생긴 적은 단 한 번도 없었기 때문이었다.

그리고,

그런 강혁의 예감은 곧 현실이 되었다.

"···이런 시발."

저절로 입가에 욕설이 머금어질 정도로 말이다.

굽이진 계단을 타고 내려선 지하의 모습은 강혁에게 있어서도 꽤나 익숙한 모습을 하고 있었다.

아니, 정확히 말하자면 다르지만 같은 느낌이었다.

강혁은 무심결에 복부로 손을 얹었다.

눈앞에 비친 전경들만 봐도 안 좋은 기억들이 트라우마처럼 되새겨지는 느낌이었기 때문이었다.

'왜 또 여기야······.'

강혁의 눈앞에 펼쳐진 모습은 음침하고 눅눅한 공기를 머금은 지하 감옥의 전경이었다.

동일하다고 하기에는 미묘한 차이가 느껴졌지만 강혁은 확신 할 수 있었다.

시간과 공간을 지나 심지어 다른 이의 몸으로 빙의된 채로 그 지옥과도 같던 현장으로 다시 돌아오게 되었다는 사실을 말이다.

그러고 보면 탈출 당시에 마지막 순간 눈앞에 실루엣 비추어졌던 전경의 모습은 부서진 도시의 그것이었었다.

"이제야 좀 알겠군."

'어째서 굳이 마녀라는 존재와 다시 마주하게 되었는지.'

마침내 닿은 결론에 강혁은 고개를 끄덕였다.

이곳이 강혁이 알고 있던 그곳과 동일한 차원의 세상이라면 마녀가 돌아다니는 것도 이상한 일은 아닌 것이다.

문득 강혁의 머릿속으로 희미한 기억의 편린이 떠올랐다.

그것은 강혁과 처음 만났을 당시 카론이 건넸던 말이었다.

〈설마 여기를 2번째 시나리오 만에 오는 녀석이 있을 줄이야.〉

그것은 단순한 감탄의 의미만은 아니었을 것이었다.

당시의 상황은 그만큼이나 암담했었다.

'지금만큼 암담하진 않지만 말이지.'

강혁은 새삼 긴장으로 입안이 바짝 말라 옴을 느꼈다.

제법 쓸 만한 무기를 쥐고 있다는 점만 제외하면 신체의 스텟은 오히려 당시에 비해서도 더 부족한 상태였기 때문이다.

'공유 스킬을 챙기길 잘했어.'

만약 스즈의 스킬을 공유해오지 않았더라면 지금까지 지나온 흐름들을 고려해도 난이도가 확연히 올랐을 것이었다.

"어쨌든… 여길 가야한단 말이지."

어둠이 가득한 지하 감옥의 전경은 그에 어울리는 섬뜩함을 머금고 있었다.

강혁의 예상이 맞는다면 이 안에 맴도는 것은 비단 불길한 공기들 뿐만은 아닐 터.

'최소한 살인마들이 돌아다니고 있겠지.'

문득 추적자로 칭해지던 존재의 모습이 떠올랐다.

2미터 50의 거구에 거대한 전기톱을 휘둘러대던 모습.

그것은 과거 지하 감옥을 탈출하는 도중 숨어서 지켜본 적이 있던 살인마와도 일치하는 부분이 있는 모습이었다.

자연스럽게 마녀의 존재와 추적자의 존재가 연관 지어졌다.

아마도 추적자를 비롯한 살인마들은 마녀의 명령을 따르는 사역마 같은 존재들일 터.

'최소한 두 마리는 있다고 가정해야겠군.'

강혁이 알고 있는 존재만 해도 추적자와 거대한 왼팔을 지녔던 존재까지 두 종류였다.

만약 2미터 50정도 되는 신체의 괴물들을 마녀가 추가적으로 만들어 내거나 변환시킬 수 있다고 가정한다면······.

'괴물이 한 둘은 아니겠네.'

"이거야말로 지옥이군."

암담함이 몰려와 어깨를 늘어뜨린 강혁은 이내 한숨을 내쉬고는 다시 고개를 쳐들었다.

울고 짜고 보채도 달라지는 건 아무 것도 없으니까.

마녀의 힘에 의해 강혁은 교회로 고립된 상황이었으며,

등 뒤로는 추적자가 빠짝 쫓아오고 있었다.

결국 앞으로 나아가는 방법 외에는 선택지가 없는 것이다.

궁극적으로 비밀을 밝혀내고 이 빌어먹을 세상 자체를 탈출하기 위해서라도 지금은 용기를 낼 필요가 있었다.

'하지만 역시 내키는 기분은 아니야.'

강혁은 고개를 절레절레 흔들면서도 지하 감옥 복도 옆면으로 들러붙었다.

랜턴을 켜고 돌아다니다가는 금세 발각되고 말테니 어둠에 시야를 적응시키는 동안 벽면을 지팡이 삼아 움직일 셈이었던 것이다.

거기에는 상대적으로 어둠이 가득한 구간으로 녹아들어 잠행술의 효율을 늘이기 위한 의도도 있었다.

'노트북은 아마 마녀의 방에 있겠지.'

걸음을 옮기며 강혁은 확신에 가깝도록 생각을 굳혔다.

한스와 있었던 대립 관계, 그리고 지나온 이야기의 흐름을 볼 때에는 그 편이 가장 가능성이 컸기 때문이다.

'이유 없는 단서는 없으니까.'

가장 마지막에 받았던 시험의 메시지창에 남겨진 조언은 생존을 위해서는 모든 것을 의심하라는 것이었다.

그리고 거기에는 일기장을 통해 알게 된 이야기의 흐름이나 레이첼을 통해 들었던 이야기들은 물론이거니와 강혁 본연이 지닌 스토리마저도 포함이 되었다.

"…마녀의 방이라."

기억을 더듬던 강혁은 문득 발걸음을 멈춰 세웠다.

무언가 막히는 부분이 들어섰기 때문이었다.

'마녀의 방은 분명 지하 13층에 있었지.'

당시의 강혁은 카론의 도움을 받아 필사의 탈출을 감행했고 잠겨있던 엘리베이터를 이용해서 겨우 아슬아슬하게 나마 탈출에 성공할 수 있었다.

즉, 카론의 도움이 없었거나 엘리베이터의 존재가 없었다면 성공하지 못 했을 것이라는 뜻이다.

교회를 지상으로 가정해보면 지금 강혁에 도달해 있는 장소는 이제 겨우 지하 감옥의 1층에 불과했다.

강혁이 기억하고 있던 마녀의 방이 있는 장소와는 아득한 거리의 차이가 있다는 뜻이다.

'그럼 엘리베이터를 찾아야 하는 건가?'

문득 그런 생각이 떠올랐지만 강혁은 금세 고개를 흔들었다. 애초에 엘리베이터는 교회가 있는 위치와는 완전히 다른 곳으로 이어져 있었기 때문이었다.

그리고 강혁이 이용하기 전까지만 해도 엘리베이터는 지하로부터 잠긴 채 방치되고 있었다.

교회 쪽에서 아래로 향하는 길은 엘리베이터가 아닌 순수한 계단들로 이루어져 있을 가능성이 크다는 뜻.

'무려 12층을 더 내려가야 한다고? 아니, 그럴 리는 없지.'

흐름상으로 보아도 그렇게 시스템이 그렇게나 긴 텀을 줄 리는 없었다.

난이도로 보아도 말이 안 되고 말이다.

시스템은 항상 한계이상을 요구하지만 결코 말도 안 되는 일을 요구하지는 않는다.

벤치프레스를 할 때에 헬스트레이너가 꼭 한 두 개씩의 개수를 더 요구하는 것처럼 안간 힘을 쓰면 딱 아슬아슬하게 극복할 수 있을 수준의 난이도만을 주는 것이다.

'아무리 의뢰 자체의 난이도가 높다고는 해도 말이지.'

거기까지 생각이 닿은 강혁은 이내 복도의 좌우로 늘어선 감옥들을 응시했다.

감옥들은 어떠한 소리나 기척도 들여오지 않아 모두 비어있는 것처럼 보였지만 정작 들여다보기 전까지는 장담할 수 없는 일이었다.

"어쩌면…."

어쩌면 노트북은 마녀의 손에 있는 것이 아닐지도 몰랐다.

애초부터 그녀는 한스라는 존재를 혐오했으며, 그가 맡고 있던 일에 대해서도 반대하는 입장이었기 때문이다.

게다가 이미 노트북은 그레이엄의 배신으로 인해 안에 담겨있던 주요한 내용물들을 모두 상실한 상태가 아니던가.

노트북 자체로써의 가치는 마녀를 비롯한 모두에게 무용했다.

그러니까…….

'버려졌거나, 혹은 다음의 주자에게 이어졌겠지.'

강혁은 그제야 생각에 아귀가 맞아떨어지는 것 같았다. 교주가 한스를 죽인 것이 쭉 이해가 가질 않았는데 그제야 알 것 같은 기분이 들었던 것이다.

굳이 한스에게 두 번째의 기회를 주지 않아도 그 뒤를 이을 주자가 있었다면 그를 살려둘 이유가 없었다.

게다가 그가 단지 교주의 말에 복종한 것이 아니라 따로 일을 계획하고 있었다면… 한스의 처형은 정당해진다.

'그럼 감옥들 중에 다음 주자의 방이 있을 지도 모르겠군.'

한스의 일 때문에라도 다음의 주자는 결코 그와 같은 대우를 받을 수는 없었을 것이기 때문이다.

"……."

생각을 결정한 강혁은 이내 숨을 죽인 채 벽에 붙어 움직이며 적극적으로 복도의 양옆으로 늘어선 감옥들의 내부를 하나 둘 확인해나가기 시작했다.

❖

"괜찮을까?"

"뭐가?"

걱정스레 물어오는 샤넌의 말에 레이첼이 멍하게 창밖으로 놓고 있던 시선을 거두었다.

샤년이 말했다.

"그 사람 말이야."

"제이스?"

"그래. 그 기억상실증 남자. 기억도 온전치 않은데 저 위
험한 바깥의 세상을 돌아다니는 건……."

걱정을 잔뜩 머금은 동생의 얼굴에 레이첼은 한숨을 포
옥 쉬고는 답했다.

"그가 선택한 일이잖니."

"그렇긴 하지만……."

하지만 샤년은 여전히 걱정을 놓지 못하는 모습이었다.

그런 그녀의 모습에 레이첼이 덧붙이듯 말했다.

"그는 무사할 거야. 기억은 없어도 아마 보통 사람은 아
닌 모양이니까."

"그런가?"

"그래. 우리랑 달리 자신의 몸을 지킬 능력쯤은 충분히
있는 사람이라고."

"…생긴 건 좀 맹하게 생겼는데 말이지."

"쿠쿡, 좀 그렇긴 했지?"

오랜만에 마주한 보통의 사람이기 때문일까.

두 사람은 시시덕거리며 한동안 제이스(강혁)에 대한 이
야기를 떠들었다.

그렇게 얼마가 지났을까.

두 사람의 코끝으로 진한 커피향이 스쳤다.

"어머, 다 식어버렸네."

"걱정 마. 커피는 아직 넉넉하거든."

레이첼의 말에 샤넌은 벌떡 의자를 박차고 일어서며 부엌으로 다가갔다.

다량의 물자들을 때려박듯 보관해둔 탓에 부엌이라기보다는 창고처럼도 보이는 장소.

그곳에서 그녀는 의외의 얼굴과 마주할 수 있었다.

"응? 리아?"

리아는 에밀리아의 애칭이었다.

레이첼과 샤넌에게는 딸과도 같은 관계의 아이.

"여기서 뭐해? 무슨 일이라도 있어?"

평상시 같으면 집안 곳곳을 의미 없이 돌아다니거나 볕이 잘 드는 장소로 앉아 책을 읽거나 하는 그녀가 부엌의 한 가운데로 고개를 떨군 채 서있었다.

"…리아?"

"……"

재차 물었지만 에밀리아는 대답이 없었다.

그런 그녀의 반응에 이상함을 느끼기라도 한 걸까?

"뭐야? 무슨 일이라도 있어?"

거실에 앉아 휴식을 취하고 있던 레이첼마저도 부엌으로 들어섰다. 그리고는 에밀리아의 모습을 보고는 우뚝 발걸음을 멈춰 세운다.

"언니, 리아가…."

"물러서."

"응? 언니, 그게 갑자기 무슨 소리야?"

돌연 표정을 굳히며 손짓을 하는 레이첼의 반응에 샤넌은 이해할 수 없다는 반응이었다.

그러나,

레이첼은 한층 더 심각한 표정으로 재차 손짓을 했다.

"위험하니까 당장 물러서라고!"

"그러니까 지금 무슨 말을 하는 거야? 저기 있는 건 우리 리아… 어?"

샤넌은 더욱더 알 수 없다는 표정을 지으며 뒤를 향해 고개를 돌리다가 흠칫 놀라며 입을 다물었다. 부엌 중간에 있던 에밀리아가 어느새 코앞까지 다가와 있었기 때문이었다.

그녀는 여전히 고개를 아래로 숙이고 있는 모습이었다.

샤넌은 자세를 낮추며 에밀리아의 머리로 손을 뻗었다.

"다들 왜 그러는 거야? 리아도 그렇고 언니까지……."

"일단 물러서라고!"

레이첼은 계속해서 경고의 말을 보내고 있었지만 샤넌은 요지부동이었다.

손끝에 닿는 부드러운 머리칼의 감촉을 느끼며 샤넌은 자상한 얼굴로 머리를 가만히 쓸어내렸다. 그리고는 자연스럽게 어깨를 감싸 쥐며 묻는 것이다.

"뭔가 기분이라도 안 좋은 거야? 언니한테 말해봐."

"…이야."

"응? 뭐라고?"

웅얼거리는 목소리에 샤넌이 귀를 가까이 가져갔다.

바로 그때였다.

"…!"

숙여지고 있던 에밀리아의 고개를 돌연 획 하고 들려진
것이다.

그리고, 흩날리며 다시 늘어뜨려지는 검은색의 머리칼
사이에 비추어지는 에밀리아의 눈동자와 시선을 마주한 샤
넌은 그대로 굳어지는 수밖에 없었다.

아름다운 연갈색의 눈동자 대신 붉은색의 눈동자 비추어
지고 있었기 때문이었다. 게다가 흰자위가 있어야 할 동공
의 주변은 온통 검은색으로 물들어 있었다.

"안 돼! 도망쳐!"

그 모습을 확인한 레이첼이 다급한 목소리로 외쳤지만,
그녀의 말은 안타깝고 허망한 메아리 밖에 되지 못했다.

푸욱―

"…아?"

날카로운 피륙음과 함께 욱신거리는 통증이 샤넌의 복부
로 파고들어왔기 때문이었다.

본능적으로 고개를 내려 복부를 쳐다본 샤넌은 복부 깊
숙이 박혀들어 있는 칼날과 그 사이로 빠르게 번지듯 새어
나오는 핏물을 보며 믿을 수 없다는 표정을 지었다.

"…리아?"

다시금 마주치는 시선에 샤넌이 힘겹게 입술을 움직여 말한다.

그러나 에밀리아는 대답이 없었다.

그저 작고 빨간 입술을 움직여 미소를 짓고 있을 뿐.

"죽음은 곧 구원이야."

"!"

이내 속삭여진 에밀리아의 말에 샤넌의 눈이 충격으로 크게 치떠진다.

그와 동시에,

푸그윽-

"꺼흐윽!"

식칼을 움켜쥔 에밀리아의 손목이 잔혹하게 비틀렸다.

스르륵…

부들부들 떨다가 이내 힘을 잃고는 추욱 늘어지는 샤넌의 시체를 어깨로 받치며 부드럽게 바닥으로 눕혀준 에밀리아는 복부 깊숙이 박혀있던 식칼을 다시 뽑아내며 속삭이듯 말했다.

"그동안 고마웠어. 언니."

그것은 마치 조롱을 하는 것만 같은 어조였다.

이내 에밀리아는 붉게 물든 식칼의 칼날을 샤넌의 옷 위로 아무렇게나 닦아내며 콧소리를 머금었다.

"흐응…"

"헉… 흐윽…."

그 나이라고는 믿을 수 없을 만큼 고혹적인 미소를 머금
으며 쳐다보는 에밀리아의 시선에 레이첼은 차마 도망칠
생각도 하지 못한 채 신음만을 머금었다.

그러는 사이 터벅터벅 핏빛 발자국을 남기며 그녀에게로
다가선 에밀리아는 이내 환하게 웃으며 말했다.

"역시 엄마는 눈치가 빠르네?"

"…허억!"

레이첼은 헛숨을 들이마셨다.

바로 아래로 다가온 에밀리아가 돌연 허리를 감싸며 안
겨들었기 때문이었다.

평상시와 다름없이 가슴께의 아래로 머리를 비벼대면서.

"사랑해, 엄마."

아무런 일도 없었다는 듯이 안겨드는 에밀리아의 구애에
레이첼은 저도 모르게 그녀의 어깨를 감싸 안으면서도 하
얗게 표정을 굳혔다.

"……."

그녀의 시야로 바닥에 쓰러진 샤넌의 시체가 비추어졌
다.

샤넌의 시체 주변으로는 흘러나온 핏물이 웅덩이를 만들
며 빠르게 그 범위를 넓혀가고 있었다.

❖

덜커덕—

"큭, 젠장!"

힘을 주어 녹슨 철문을 밀던 강혁은 이내 신음과 함께 욕설을 머금었다.

벌써 17번째의 감옥.

위층에서 별다른 단서를 찾지 못하고 결국 계단과 마주한 강혁은 지하 2층의 영역으로 도달한 상태였다.

그리고 그곳에서 강혁은 꽤나 애를 먹고 있었다.

문들이 하나같이 열려 있었는데 그것들이 녹슨 채로 굳어버려서 여는 데에 많은 노력과 수고가 필요하도록 만들었기 때문이었다.

지하 2층의 감옥들은 하나 같이 감시용 창살이 달려 있지 않았기 때문에 탐색을 위해서는 문을 열어 내부를 확인하는 수밖에는 없었다.

그저 확인하는 것뿐이라면 살짝 문틈만을 열면 될 뿐이었지만 행운인지 불행인지 각 방들의 내부로는 간간히 제법 쓸 만한 물건들이 널려 있었다.

명백히 아이템으로 취급되는 붕대라던가, 방탄조끼, 가죽장갑, 건전지 같은 것들 말이다.

심지어 어떤 방에서는 권총마저 발견할 수 있었다.

총알 2발 밖에는 들어있지 않은 리볼버 권총이었지만

지금과 같은 상황에서는 그마저도 감지덕지가 아닌가.

때문에 강혁은 방마다 일일이 문을 밀어 내부를 확인할 수밖에 없었다.

사소한 소리마저 쉽게 울리는 지하에서 최대한 소리를 죽이려다보니 매번 안간 힘을 써야만 했고 말이다.

'그래도 이만하면 노동의 가치는 있지.'

강혁은 고개를 주억거리며 방의 한쪽 구석에서 벽에 기대어 앉은 채 죽어있는 시체를 향해 다가갔다.

아마도 군인이나 경찰특공대 요원 정도로 추정되는 옷차림의 남자는 머리로 꺾여든 철사 같은 듯이 감싸여 있었는데, 입이 좌우로 크게 벌어져 찢겨진 몰골로 보아 고문 기구에 희생된 모양이었다.

"이건 못 쓰겠고… 이건 괜찮으려나?"

능숙하게 시체를 뒤지던 강혁은 그의 주머니로부터 꽉 채워진 탄창을 발견할 수 있었다.

그 크기나 모양을 보건데 소총 계열 탄창처럼 보였다.

강혁은 탄창을 허리춤에 매달린 주머니로 밀어 넣었다.

"……."

정육면체의 좁디좁은 공간을 한번 크게 둘러보다가 다시금 복도로 나섰다.

복도는 여전히 어둠과 고요함만이 무겁게 깃들어 있었다.

'이제 슬슬 불안해지고 있는데 말이지.'

지하 1층을 모두 지나서 2층도 거의 끝까지 돌아보고 있건만 아직 강혁은 괴물이나 유령은커녕 그 비슷한 징조조차도 마주치지 못했다.

어둡고 좁은 복도와 열려진 감옥의 내부로 널브러진 시체나 참상의 흔적들이 섬뜩하긴 했지만 딱 그 정도뿐인 이야기인 것이다.

그렇다고 해서 살인마 같은 놈들이 튀어나오기를 바라고 있는 것은 아니었지만 이렇게나 순조롭게 흐름이 지속되면…….

'대체 또 무슨 상황이 벌어지려고?'

이젠 나름 중견 급의 플레이어라고도 할 수 있는 강혁으로는 불안감이 치솟을 수밖에 없었다.

'아까부터 묘하게 장비가 업그레이드되는 것 같아서 불안하기도 하고 말이지.'

강혁은 길게 한숨을 내쉬고는 복도의 끝을 향해 천천히 발걸음을 움직였다.

"후욱…."

그리고 이내.

강혁은 지하 3층으로 향하는 계단을 마주할 수 있었다.

"젠장, 이거 왠지 나가리 같은데…….."

여태까지와는 벽에 매달린 횃불조차 없이 희미한 실루엣만을 비추고 있는 계단은 마치 지옥으로 내려가는 길목이기라도 한 것처럼 무거운 공기를 머금고 있었다.

솔직한 심정으로는 절대로 가고 싶지 않은 분위기.

하지만 강혁은 결국 발걸음을 아래로 내려놓을 수밖에 없었다.

'망할 놈의 시스템!'

꿈도 희망도 없어 보이는 이곳의 세계관에서 벗어나기 위해서는 결국 미션을 완수하는 수밖에는 없으니까.

저벅… 저벅…

최대한 조심히 발걸음을 놀리고 있음에도 걸음마다 소리가 울렸다.

차마 불을 켤 수도 없어 암순응을 이용해 실루엣과 벽의 감촉만을 이용해 한 걸음 한 걸음을 발을 내리던 강혁은 얼마 지나지 않아 새로운 복도를 마주할 수 있었다.

위층과 마찬가지로 지독한 어둠과 고요함만을 머금고 있는 지하 3층의 복도.

"제발…."

강혁은 지금까지처럼 순조로운 흐름이 계속해서 이어지기만을 빌며 복도의 내부로 발을 들여 놓았다.

그리고,

불과 세 걸음 째를 내딛었을 때였다.

끼이이이익-!

"큭!"

손톱으로 칠판을 긁어내는 듯한 섬뜩한 소리가 귓가를 울린다 싶은 순간!

[시험(7): 생존 본능]

−살인마가 다가오고 있습니다. 그에게서 살아남으세요.

−지금 당장 서있는 자리를 벗어난다면 살아남을 수 있는 가능성이 늘어날지도 모릅니다.

(조언: 뭐가 뭔지 모를 때는 기본을 떠올리세요.)

새로운 메시지창이 떠올랐다.

세트와도 같은 타이머 역시도 함께 말이다.

[남은 시간: 9초⋯]

시간을 확인하자마자 강혁은 곧장 뒤를 돌아보았다.

지하 2층의 방들 중에는 분명 뚫려있는 환풍구가 있는 곳도 있었다.

그러니까, 시간이 좀 아슬아슬하긴 해도 어떻게든 속력을 내면 그곳을 통해 환풍구로 숨어들 수 있을지도 모르는 것이다.

하지만,

고개를 돌린 즉시 강혁은 곧장 앞을 향해 내달릴 수밖에 없었다.

키히이이이⋯

마치 악령들의 울부짖음과도 같은 소리와 함께 시커먼 연기들이 계단을 가로막은 채 얽히고설키며 무언가의 형태를 만들어가고 있었기 때문이었다.

그와 동시에 연기로부터 생성되어 뻗어져 나온 핏줄들이

벽면을 타고 눌러 붙으며 곰팡이처럼 서서히 번지고 있었다.

'이런 미친!'

달리는 것과 동시에 강혁은 랜턴을 켜 전방을 비추었다.

어차피 들킨 마당에 일부로 시야를 제한할 필요는 없을 테니까.

끼아아아아―

등 뒤로 끔찍한 비명이 들려온다.

하지만 강혁은 돌아볼 생각도 하지 못한 채 달리는 것에만 집중하고 있었다.

[남은 시간: 5초…]

실시간으로 시간이 줄어가고 있었기 때문이었다.

타이머가 의미하는 것은 한가지뿐이었다.

'0초가 되면 그대로 끝장이라는 뜻이지.'

달리고 있자 복도의 끝이 다가왔다.

이제 남은 시간은 고작 3초 정도.

"…!"

계단은커녕 문조차 보이지 않는 복도 끝의 전경에 순간 절망이라는 감정을 머금던 강혁은 이내 눈을 빛냈다. 거리를 좁히자 우측으로 꺾여드는 모퉁이가 희미하게나마 비추어 졌던 것이다.

강혁은 즉시 내달려 우측의 모퉁이로 꺾어 들어갔다.

'이제 어디로 가야 하지? 어디로?'

빠르게 줄어드는 시간만큼이나 선명하게 다가드는 악의를 느끼며 강혁은 바쁘게 랜턴을 비추었다.

곧게 뻗어나간 LED불빛이 어둠 속에 잠겨있던 복도의 전경을 차례로 비춘다.

'저기!'

불빛을 따라 시선을 옮기던 강혁의 눈동자가 크게 치떠졌다. 좌우로 늘어선 문들 중 유독 특이한 문양이 새겨져 있는 방을 발견한 것이다.

[남은 시간: 1초…]

시간은 어느새 코앞까지 다가들어 있는 상태.

이제 망설이고 있을 틈은 없었다.

'제발, 제발, 제발…!'

강혁은 즉각 문을 향해 내달렸다.

"이런 시발!"

빠른 속도로 문 앞에 도달한 강혁은 욕설을 머금고 말았다. 안이한 희망과는 달리 문으로 자물쇠가 걸려있었기 때문이었다.

게다가 자물쇠의 열쇠 구멍은 척 보기에는 현재 강혁이 소유하고 있는 열쇠와는 그 크기가 맞지 않았다.

바로 그때였다.

[남은 시간: 0초.]

카운트의 숫자가 0을 가리킴과 동시에.

"키리리리릭!"

마치 에일리언의 울음소리와도 같은 소음이 귀퉁이 너머의 복도로부터 들려왔다. 동시에 스스슥 거리는 소리와 함께 핏줄들이 빠르게 벽면을 잠식하며 뻗어들고 있었다.

절체절명의 순간!

"……."

빠르게 주변을 살펴 더 이상의 대안이 존재하지 않음을 확인한 강혁은 즉시 이를 악물며 허리춤으로 손을 뻗었다.

그리고 이내,

탕, 탕-!

리볼버가 불을 뿜었다.

이로써 총알을 모두 소진해버린 권총은 무용지물이 되고 말았지만 후회는 없었다.

떨그럭-

소진된 총알은 자신의 역할을 충분히 수행했기 때문이었다.

연결고리가 박살난 자물쇠를 다급하게 문에서 떼낸 강혁은 즉시 문을 열고 안으로 들어섰다.

'역시!'

방안의 전경은 여태까지 지나며 봐왔던 감옥들과는 확연히 달랐다.

남루하고 지저분한 것은 비슷했지만 제대로 된 침대나 책상과 같은 가구는 물론이거니와 한쪽 구석에는 작게나마 냉장고까지 비치되어 있었던 것이다.

이곳이 지금껏 강혁이 찾아왔던 한스의 후임자가 머무는 방이었다.

"으음."

책상 위에는 뭔가를 잔뜩 적어둔 문서들과 자료들이 가득했다. 저것들을 탐독한다면 숨겨진 비밀이라든가 시나리오의 내막에 대해서 조금은 더 자세히 알 수 있게 될 터.

하지만 강혁은 그곳에 집중하고 있을 틈이 없었다.

"키르르르…!"

정체도 알 수 없는 존재의 기척이 점점 더 가까이 다가오고 있었기 때문이었다.

'숨어야 해!'

강혁은 빠르게 방안을 살폈다.

방안에 숨을 만한 곳은 그리 많지 않아 보였다.

'침대 밑? 아니면 책상 밑?'

환풍구라도 있다면 그걸 뜯어내고서라도 진입했겠지만 안타깝게도 이번의 방에는 환풍구 통로가 연결되어 있지 않았다.

스스스스…

어느새 열려진 문을 통해 방 안쪽으로까지 스며들기 시작한 핏줄들을 확인한 강혁은 침대와 책상을 번갈아 살폈다.

아무리 돌아보아도 방안에서 숨을 수 있을만한 장소라고는 그 두 곳 밖에는 보이지 않았기 때문이었다.

'음?'

결국 침대를 선택하고는 그 밑을 향해 몸을 숨기려던 강혁은 무심코 돌리던 시선의 끝에 비치는 캐비닛의 모습에 발걸음을 멈춰 세웠다.

한쪽의 벽면을 통째로 차지하고 있는 캐비닛들.

주루룩 연결된 다섯 개의 캐비닛들 중 강혁의 시선을 끈 것은 세 번째의 위치한 캐비닛이었다.

캐비닛 상단의 이름표를 넣는 칸막이의 위로 익숙한 이름이 써져 있었기 때문이었다.

〈한스 버넷〉

그것은 분명 한스의 캐비닛이었다.

강혁은 즉각 시선을 내렸다.

'저거다!'

캐비닛의 하단에 위치한 자그마한 열쇠구멍.

그것은 분명 휴게실의 코트 속에서 발견했던 열쇠와도 일치하는 크기였다.

"흐읍!"

강혁은 즉각 숨을 참으며 캐비닛 앞으로 다가가 열쇠를 꺼내어 꽂아 넣었다.

딸칵—

열쇠는 정확히 캐비닛의 열쇠구멍과 맞아 떨어졌다.

다급히 손가락을 비틀어 잠금장치를 해제한 강혁은 최대

한 소리를 죽여 캐비닛의 문을 열었다.

캐비닛의 안으로는 한스의 것처럼 보이는 가죽재킷과 흰색의 의사 가운 같은 것이 걸려 있었다.

"…!"

곧장 캐비닛의 안으로 몸을 구겨 넣으려던 강혁이 눈을 빛냈다. 캐비닛의 상단 공간으로 은색의 낡은 노트북이 자리하고 있는 것을 발견했기 때문이었다.

하지만 지금 그것을 확인해볼 틈은 없었다.

"키르르르르…."

정체불명의 존재는 이미 문 바로 근처까지 다가왔으니까.

강혁은 즉각 캐비닛 안쪽으로 등을 기대고 서며 열려 졌던 문을 다시금 닫았다.

그와 동시에,

'저건 또 뭐야!'

마침내 존재가 그 모습을 드러냈다.

어느새 방안 전체를 잠식한 핏줄들이 안이하다 싶을 정도로 끔찍한 외형을 지닌 존재가 말이다.

키는 2미터 정도로 다른 살인마들에 비하면 다소 작은 것처럼 보이는 존재는 신체의 외형마저도 왜소해보였다. 온통 삐삐 말라서 기아라고 해도 믿을 만큼 홀쭉했던 것이다.

그럼에도 2미터에 육박하는 신장이 기괴함을 한층 부추기긴 했지만 그것은 어디까지나 부차적인 문제일 뿐이었다.

'촉수괴물?'

새롭게 나타난 괴물은 몸 위로 쉼 없이 꿈틀거리는 촉수들을 휘감고 있었다.

피부층마저 피막을 연상시키는 붉은색의 끈적거리는 색체로 뒤덮고 있는 괴물은 한쪽 팔이 없는 듯 기우뚱한 자세로 서있었는데, 돋아나 있는 한쪽의 팔은 비정상적으로 길어서 거의 발목에 닿을 정도였다.

게다가 팔과 연결된 손은 손바닥 두 개를 엮어 붙인 것처럼 넓었으며 손가락의 사이마다 갈퀴처럼 피막들이 연결되어 있었다.

'토하겠군, 정말.'

위협적인 수준으로 치자면 아무래도 다른 살인마들에 비해 약해보였지만 외형적인 끔찍함만큼은 단연코 최고였다.

"키르르르…."

방안으로 들어선 촉수괴물은 문 앞에 선 채로 주변을 가만히 둘러보는 모습이었다.

강혁은 호흡을 참은 채로 캐비닛의 구멍을 통해 그 모습을 지켜보고 있었다.

"키르륵!"

방안을 둘러보던 괴물의 시선이 돌연 침대로 향했다.

그리고는 우뚝 서있던 몸체가 아래로 허물어지듯 가라앉으며 바닥을 본다.

"…!"

그 장면을 보며 강혁은 심장이 떨려오는 기분을 느꼈다.

만약 캐비닛을 발견하지 못한 채 처음의 계획대로 침대 밑으로 숨었더라면…….

'하마터면 죽을 뻔 했군.'

분명 발각되어 죽고 말았을 것이었다.

강혁이 안도의 한숨을 내쉬고 있는 사이 침대 밑을 살핀 촉수괴물은 다시 몸을 일으켜 세우는가 싶더니 이내 책상으로 걸어가 의자를 촉수로 당기고 책상 밑까지 확인했다.

결국 침대 밑이든 책상 밑이든 어느 곳을 선택해도 발각당할 운명이었던 것이다.

"키르르르륵!"

아무리 찾아도 강혁이 발견되지 않자 촉수괴물은 분이 차오르는 듯 다소 흥분한 모습이었다.

"……"

강혁은 아예 두 손으로 입과 코를 막은 채로 슬슬 버거워지는 호흡의 중단을 어떻게든 계속 이어가고 있었다.

조언은 분명 기본을 떠올리라고 했었으니까.

눈앞의 존재가 과연 살인마들 중 하나인지는 의문이었지만 만약 같은 특성을 지니고 있다면 지금 숨을 쉬는 것은 자살 행위였다.

살인마들은 가까운 거리 내에서 호흡을 감지하는 능력을 지니고 있기 때문이었다.

"키르르르…."

혹시 캐비닛 안쪽까지 뒤져대기 시작하면 어쩌나 싶었는데 좀 더 주변을 살펴보는 것 같던 촉수괴물은 이내 돌아서서 방을 떠났다.

그렇게 약 10여 초가 더 지났을까.

스스스스…

방안을 가득 잠식하고 있던 핏줄들이 서서히 그 영역을 좁히며 사라지기 시작했다.

마치 처음부터 모든 것이 환각이었다는 것처럼 처음 모습 그대로의 방안의 전경이 드러나고 있었던 것이다.

방안은 순식간에 본래의 모습으로 돌아왔다.

정말로 아무 일도 없었다는 듯한 모습이었다.

'가버린 건가?'

캐비닛 속에서 눈치를 살피던 강혁은 조심스럽게 참아왔던 숨을 내쉬었다.

그렇게 다시 1분은 더 지나고 나서야.

끼이익…

강혁은 캐비닛을 빠져나왔다.

"……."

방안을 비롯한 복도는 다시금 고요함만이 감돌고 있었다.

혹시나 해서 고개를 내어 복도를 확인해봤지만 촉수괴물
의 흔적은 발견할 수 없었다.

복도 역시도 모든 것이 꿈이었던 것처럼 본래의 모습으
로 돌아와 있었던 것이다.

"후욱…."

강혁은 안도의 한숨을 내쉬었다.

결정적으로.

[시험(8): 비밀]

-노트북을 통해 USB드라이버의 내용을 확인하세요.

-내용을 보고서 판단하는 것은 오로지 당신의 몫입니다.

(조언: 진실 혹은 거짓)

새로운 시험의 메시지창이 떠올랐기 때문이었다.

더군다나 이번은 빌어먹을 카운트도 없었다.

"비밀이라…."

강혁은 캐비닛의 상단에 놓여있던 노트북을 꺼내어 책상
위로 놓았다.

그리고는 전원버튼을 누르자 얼마 지나지 않아 익숙한
윈도우즈 10의 로그인 화면이 뜨며 공허한 푸른색의 바탕
화면이 펼쳐진다.

[(충전량 5%)배터리가 부족합니다. 전원을 연결해주세
요.]

화면이 뜨자마자 곧장 경고문이 떠올랐다.

웬일로 카운트가 안 뜬다 싶었더니 남아있던 배터리의 잔량 자체가 카운트였던 셈이었다.

"그럼…."

강혁은 곧장 주머니 속 깊숙이 넣어두었던 USB드라이버를 꺼내어 노트북으로 연결했다.

삐빅―

노트북이 USB드라이버를 인식하며 오픈 창이 열린다.

USB드라이버의 저장 공간에는 몇 개의 영상 파일과 다수의 문서를 정리해둔 폴더가 자리하고 있었다.

'…악몽?'

문서 폴더의 제목은 '누군가의 악몽' 이었다.

제목부터가 뭔가 으스스해지는 느낌이다.

"뭐가 나올진 모르겠다만……."

여기까지 온 마당에 이제와 고개를 돌릴 수도 없는 노릇이었다. 강혁은 마우스 커서를 옮겨 문서를 보기에 앞서 먼저 영상 파일을 선택했다.

별다른 제목도 없이 그저 1, 2, 3 이런 식으로 숫자만이 붙어있는 영상 파일들.

그 중 첫 번째의 파일을 클릭한 순간.

〈꺄아아아악~!〉

강혁은 미간을 찌푸릴 수밖에 없었다.

문서 폴더의 제목처럼 끔찍한 악몽 속을 헤매고 있는

희생자의 모습이 적나라하게 비추어지고 있었기 때문이었다.

실험대에 묶인 채 몸 곳곳으로 전기선 같은 것을 매단 희생자는 튀어오를 듯 몸을 뒤틀어대며 끈임 없이 비명을 내지르고 있었다.

〈꺄아아악! 꺽, 끄윽, 아아악~!〉

한스는 그런 희생자를 무감정한 눈으로 내려다보며 노트북의 화면을 응시하고 있었다.

비스듬한 각도로 비추어지는 노트북의 화면으로는 끔찍한 모습을 지닌 괴물들에게 쫓기다가 붙잡혀 산 채로 찢어발겨지고 있는 소녀의 모습이 보이고 있었다.

톱스타의 킬링필드

Hell is coming

chapter 5. 누군가의 악몽

Hell is coming

chapter 5. 누군가의 악몽

"꺼어으윽!"

뒤에서 튀어나온 원뿔 모양의 가시가 복부를 꿰뚫고 솟구치며 소녀의 몸체까지 한꺼번에 허공으로 들어 올린다.

이후 휘둘러진 손짓에 소녀는 잔뜩 헤집어진 내장조각들과 함께 핏물을 뿜으며 벽으로 날아가 부딪히고는 볼품없이 바닥으로 떨어져 내렸다.

그렇게 소녀는 죽었다.

"안 돼! 제발! 제발~!"

자신보다 앞서가서 문을 닫아 걸은 남자를 보며 소녀는 간절한 표정으로 애원했다. 그러나 남자는 겁에 질린 얼굴로 고개를 저으며 문을 열어주지 않았다.

"이 나쁜 새끼! 문 열어! 열라… 꺼흐윽!"

어느새 등 뒤로 다가온 살인마의 도끼가 소녀의 어깨 죽지로부터 깊숙이 파고들어갔다.

그렇게 소녀는 또 죽었다.

다음번에도,

또 그 다음번에도.

소녀는 계속해서 죽고 있었다.

혹시나 살아남아도 결과는 마찬가지였다.

끝끝내 따라온 괴물이나 살인마에게 붙잡혀 끔찍한 방법으로 살해를 당하게 되는 것이다.

'끔찍하군.'

강혁은 눈살을 찌푸린 채로 낮게 혀를 찼다.

영상 파일들은 누군가에 대한 실험과 관련된 내용을 담고 있었다.

어떤 방법을 썼는지는 알 수 없었지만, 실험체로 제공된 소녀는 묶인 채로 계속해서 악몽을 꾸고 있었다.

죽거나 살아남게 되어 잠에서 깨어나게 되면 그 즉시 약물 주사를 맞고 또 다른 악몽 속으로 빠져들게 되는 것이다.

'헤어 나올 수 없는 악몽이라니……'

그보다 더 끔찍한 것이 어디 있을까.

하물며 소녀는 꿈속에서 계속 죽고 있었다.

평범한 죽음도 아닌 살해를 계속해서 당하고 있는 것이다.

더군다나 살해를 해오는 대상은 꿈에 나올까봐 무서울 정도로 끔찍하거나 기괴한 외형을 지닌 괴물 혹은 살인마들이었다.

각각의 영상에서 소녀는 매번 다른 형태의 괴물 혹은 살인마들에게 붙잡혀 끔찍한 죽음을 맞이했다.

가끔씩은 같은 대상에게 붙잡혀 죽는 경우도 있었지만 대부분은 다른 존재들에게 붙잡혀 죽는 모습이었다.

그만큼이나 다양한 형태나 방법을 통해서 말이다.

잔인한 죽음 모음집이라고 해도 이상하지 않을 만큼 끔찍한 방법들이었다.

가녀리고 작은 체형의 소녀가 매번 끔찍한 몰골로 죽어나자빠지는 것이다.

물론 그 모든 일들은 단지 그녀의 꿈속에서 벌어지는 악몽일 뿐이었지만 그런 일들이 계속되면 아무리 단단한 정신력을 지닌 사람이라고 해도 버텨내지 못하는 법이었다.

"도대체 이런 일을 해서 뭐가 남는단 거지?"

대강이나마 영상들을 모두 훑어본 강혁은 한숨과 함께 고개를 내젓다가 이내 문서 파일이 담긴 폴더를 향해 마우스 커서를 가져갔다.

문서 폴더 내에는 단 3개의 문서만이 있었다.

〈꿈과 현실의 경계〉

〈악몽을 통한 발현〉

〈악마의 각인〉

그렇게 3가지의 제목을 가진 문서들이었다.

아마도 앞서 보았던 영상들과 연관이 있는 내용일 터.

강혁은 먼저 〈꿈과 현실의 경계〉라는 제목의 문서를 열었다.

『예전부터 자각몽이라는 존재를 통해 꿈과 현실의 경계는 끈임 없이 의심되어왔다. 허나 증명을 할 수 없기에 결국 그것은 가상의 것으로만 취급받기 마련이었다. 하지만… 만약 그것을 증명할 수 있다면?』

그런 글귀와 함께 시작되는 문서의 내용은 서두에 말했듯 꿈과 현실의 경계, 그리고 그것을 허물 수 있는 증명에 대한 이야기를 담고 있었다.

'악마의 개입이라.'

연구라는 이름을 붙인 과학자의 이론이라고 하기에는 안이하게도 증명을 위해 내세운 가정에는 '악마의 개입'이라는 단계가 들어가 있었다.

누군가에게로 끝없는 악몽을 꾸도록 만드는 것은 단순한 인간의 능력만으로는 불가능한 일이었던 것이다.

한스로 추정되는 작성자는 실험의 경과의 그에 따른 실험체의 변화, 그리고 중간 중간 발생한 이상 현상들에 대해 말하고 있었다.

'현실에 가깝도록 지속되어진 꿈은 형체를 가질 수도 있다는 말인가!'

대강이나마 작성자가 하고자 하는 말을 파악한 강혁은 곧장 문서를 닫고 두 번째 문서를 열었다.

이번의 문서는 〈악몽을 통한 발현〉 이었다.

분명 앞의 문서로부터 이어지는 내용일 터.

"흐음…."

역시나 문서의 내용은 앞의 이론을 조금 더 구체화한 방식을 담고 있었다.

앞에서는 단지 이론만을 말했다면 이번의 문서에는 실제로 가설을 증명하기 위해서 시도했던 실험들과 각종 약물의 투여를 비롯해 최면까지 다양한 방법들을 망라하고 있었다.

"괴물을 만들어냈다고?"

문서의 말미에 한스는 분명 소녀의 꿈을 통해 괴물을 만들어낸 적이 있다고 했다.

나타난 것은 불과 3초 정도에 불과했고 그 형체마저도 완전하지는 못한 실루엣에 불과했지만 소녀의 꿈에서만 존재하던 괴물들을 현실로 불러낸 것이다.

"설마…."

강혁은 순간 머릿속으로 한 가지 가설이 들어섬을 느꼈다.

그것은 바로 마녀의 존재와 관련된 것이었다.

'이 말대로라면 마녀가 살인마들을 만들어내는 방식도 결국에는 의지의 발현이라고 봐야해.'

실험체 소녀가 '공포'라는 방식으로 강렬한 의념을 발산해 상상을 구현했다면, 마녀는 믿음 혹은 증오로 피조물을 만들어냈을 것이었다.

"결국 모든 건 정신과 관련이 있다는 건가? 일단은 좀 더 읽어봐야겠군."

두 번째 문서를 닫은 강혁은 드디어 마지막 문서를 열었다.

마지막 문서의 제목은 〈악마의 각인〉이었다.

"으음?"

이번의 문서는 앞의 문서들과는 전혀 다른 내용을 담고 있었다.

교주라는 남자가 보여주는 초능력과도 같은 기이한 능력들과 그것이 전하는 느낌을 기술하며 그가 어째서 악마인지를 설명하고 있었던 것이다.

그리고 실제로 그 자신이 눈으로 보았던 현상들을 바탕으로 미래 예측적인 이야기를 써놓기도 했다.

'각인이라.'

한스의 말에 의하면 교주는 세례라는 이름으로 단원들

에게 특이한 문장을 새기는데, 그것을 받은 대상은 맹목적
이며 난폭하게 변하며 교주의 말에 절대복종하게 된다고
했다.

도시를 피폐하게 만들어갔던 광신도들은 그런 방식으로
만들어지고 또 늘어나게 되었던 것이다.

각인과 관련된 대상은 광신도들 외에도 존재했다.

바로 한스에게 맡겨진 실험체가 그러했다.

광신도들과는 다른 문양의 각인이 새겨진 소녀.

목 뒤로 뒤집어진 삼각형과 눈알 모양의 상처가 새겨진
그녀는 본래 멀쩡한 정신 상태를 지니고 있었지만, 계속된
악몽의 지속을 통해 결국 미쳐버리고 말았다.

'일단은 두 가지로군.'

등장한 각인의 종류는 두 가지뿐이었다.

광신도를 만들기 위한 복종의 각인과 끝없는 악몽에 시
달리도록 만드는 악몽의 각인.

그 외에도 또 어떤 각인이 있고 그것들은 어떤 능력을 가
지고 있을지 알 수 없었지만 한스가 알고 있는 정보는 그것
으로 끝이었다.

"뭔가 좀 찝찝한데."

강혁이 낮게 혀를 찼다.

나름대로 새롭게 알게 된 사실도 있었지만 생각했던 것
보다는 별 거 아닌 이야기들처럼 느껴졌기 때문이었다.

무엇보다 겨우 이런 정도의 자료를 잃어버린 일로 죽음을

당하게 됐다고?

말이 안 되지 않는가.

'분명히 뭔가 다른 게 더 있을 거야.'

"…음? 잠깐만."

심각한 표정을 한 채로 입술을 만지작거리던 강혁은 문 득 떠오른 생각에 마우스 커서를 움직여 폴더의 상단으로 가져갔다.

딸칵, 딸칵-

"빙고!"

몇 번의 클릭만으로 강혁은 회심의 미소를 머금을 수 있 었다.

'숨김 파일!'

설정으로 들어가 숨겨진 파일을 보기로 체크하자 문서 폴더의 내부로 새로운 폴더가 생성되어 있었던 것이다.

폴더의 제목은 〈친구에게〉였다.

폴더의 내부로는 단 한 개의 영상 파일만이 있었다.

"유언인가…"

의미심장한 제목을 지닌 영상 파일.

아마도 한스는 마지막을 대비하며 언젠가 그의 친우가 이 영상에 도달하기를 바랐던 모양이었다.

하지만 어쨌든 유언은 유언이었다.

마지막을 예감한 인간이 남기는 마지막의 말이 결코 가 벼울 리는 없으니까.

"후우…."

가볍게 심호흡을 해서 다소 무거워진 공기를 환기시킨 강혁이 곧장 영상 파일을 열었다.

어느새 배터리가 완전히 실금처럼 변한 채로 붉게 점멸하고 있었던 것이다.

시간이 얼마 남지 않은 상태였다.

걱정하는 사이 영상이 흘러나오기 시작했다.

〈지금 이 영상을 보고 있다면 아마도 나는 죽은 목숨이겠지. 하지만 죽음에 대해 두려움은 없어. 어차피 내가 저지른 일들을 생각하면 나는 죽어 마땅한 인간일 테니까.〉

영상으로는 죽음을 각오한 듯 결의를 다진 표정의 한스가 캠 카메라의 너머를 응시하며 말을 잇고 있었다.

〈게다가 어차피 인간들은 결국 다 죽게 될 거야. 그녀가 꾸는 악몽들이 현실로써 반영되기 시작하면… 진정한 의미의 지옥이 시작될 테니까.〉

마치 강혁에게로 직접 건네는 듯한 한스의 말에 강혁은 저도 모르게 집중해 들어가고 있었다.

〈하지만 만약, 이 영상을 보는 지금 아직 지옥이 시작되지 않았다면 내게도 준비해둔 안배가 있어. 나도 그냥 놀고 있지만은 않았다는 뜻이야.〉

흘러나오는 한스의 말에 강혁은 눈을 빛냈다.

자연스럽게 다음에 이어질 말들로 미션을 해결할 실마리를 찾아낼 수 있을 거라는 것을 확신했기 때문이었다.

그리고,

"허…!"

강혁은 과연 고개를 끄덕일 수밖에 없었다.

〈……그곳이 아마 최후의 희망이 되겠지.〉

한스가 준비했던 안배란 어쩌면 이 모든 것을 뒤집어엎을 수 있을 지도 모를만한 스케일을 지닌 일이었다.

'사역마를 쓰다니….'

처음 실루엣만을 소환했던 실험에서 멈추지 않고서 한스는 계속해서 소녀를 혹사하며 실험을 가속화했고 결국 온전한 형태의 괴물을 현신 시키는데 성공했다.

그리고는 실험의 데이터를 통해 뇌파 발생기마저 만들어낸 것이다.

소녀의 뇌파를 추출하여 발산하는 발생기는 조절하는 것에 따라 한스의 의도대로 괴물을 조종할 수 있도록 만들어

주었다.

수많은 시도 끝에 소녀의 상상 속에서 가장 적합한 괴물을 골라내어 현신시킨 한스는 형체도 실체도 없는 투명의 괴물을 이용해 교회 전체를 뒤졌다.

그 결과,

발견한 것이 지하 9층의 영역과 이어진 통로였다.

깊은 바다의 중심을 향해 일직선으로 쭉 이어진 통로.

그 끝에 위치한 것은 수족관마냥 바다를 유리벽으로 막아선 채 드넓은 공간을 깎아서 만든 거대 제단이었다.

'제물이겠군.'

교주는 그 제단을 통해 무언가를 깨우려고 하고 있었으며, 또 한편으로는 그것을 두려워하고 있었다.

때문에 그는 손에 별도의 무기를 쥐고 있었다.

롱기누스의 창.

아이러니하게도 악마로 추정되는 교주의 손에 들린 것은 예수의 피를 묻혀 성스러운 힘을 지니게 되었다고 하는 설화가 있는 고대의 창이었다.

한스는 그것이 제단을 통해 깨어나는 존재를 제어하는 역할을 하지 않을까 하고 짐작하고 있었다.

그러니까,

그 창을 손에 넣어서 제단의 힘을 깨우기만 하면?

'반대로 악마들을 모두 쳐 죽일 수 있는 힘을 손에 쥐게 될 수도 있다는 뜻이겠지.'

물론 이것은 어디까지나 가설일 뿐이었으며 확신은 어디에도 찾아볼 수가 없었다.

하지만 지금 매달릴 수 있는 방법이라고는 이것 밖에는 없으니까.

"우선은 롱기누스의 창인가."

영상이 끝남과 동시에 타이밍이 맞게 배터리를 다하고 꺼져 검은색의 액정화면을 떠올리는 노트북의 화면을 보며 강혁은 낮게 중얼거렸다.

"하지만 그보다 먼저."

교주의 방을 찾아가기에 앞서 강혁은 먼저 한스의 캐비닛을 다시금 뒤졌다.

'여기 있군.'

캐비닛의 구석진 공간의 접혀진 옷더미의 사이에서 강혁이 찾아낸 것은 다름 아닌 뇌파 발생기였다.

손목에 찰 수 있는 수갑의 형태로 만들어진 뇌파 발생기는 두 가지의 파트로 나뉘어 있었다.

뇌파를 발생시켜 미리 지정된 의념을 형상화 시키는 버튼과 그것을 다시 무로 되돌리는 버튼이 매달린 수갑과 형상화 된 괴물과 연동하여 명령을 내릴 수 있도록 만들어주는 조절기로 나누어진 것이다.

강혁은 즉각 수갑을 착용하고는 운전기사들이 쓰는 블루투스 이어폰처럼 생긴 조절기를 귓등에 걸었다.

찌릿-

"윽!"

장치를 가동시키자 관자놀이 쪽으로 따끔한 전기 충격이 일었다. 그에 잠시 굳어져 있던 강혁은 이내 수갑을 향해 시선을 내렸다.

수갑의 위로는 붉은색과 푸른색으로 이루어진 두 개의 버튼이 은은한 불빛을 내며 빛나고 있었다.

'빨간색이 가동시키는 거겠지?'

더 망설일 것도 없이 강혁은 곧장 붉은색의 버튼을 눌렀다.

손가락의 무게를 따라 쿡 하고 박혀드는 버튼.

<u>츠츠츠츠…</u>

"…!"

버튼을 누름과 동시에 강혁이 보는 시야의 전방으로 스파크 같은 것이 일며 무언가가 빠르게 형체를 갖추어가기 시작했다.

동시에.

강혁은 눈앞에 하얗게 멀어드는 감각을 느꼈다.

"윽!"

정확히는 섞여드는 느낌이었다.

물감을 마구 뿌려서 아무렇게 휘저어 비비는 것처럼 의식이 흐트러지며 이질적인 감각들과 버무려지고 있었던 것이다.

"으음…."

짧은 충격이 지나가고 다시 시야가 밝아졌을 때.

강혁은 침음성을 머금었다.

'이런 느낌이군.'

의식의 일면으로 자신의 것이 아닌 전혀 다른 무언가의 존재가 더해져 있었기 때문이었다.

-즈. 즈. 즈. 즈.

알 수 없는 소리로 울어대고 있는 괴물은 악령과도 같은 모습을 하고 있었다.

전체적으로 피어오르는 연기와도 같은 형태였지만 그 모습마저 스파크가 튈 때마다 계속해서 일그러지고 뭉개지거나 다시 합쳐지고 꺾여들며 쉼 없이 변하고 있었다.

그것은 괴물과 정신적인 연동을 이룬 강혁만이 볼 수 있는 실체였다.

실제의 괴물은 오롯한 형체도 없고 눈에도 보이지 않는 무형의 존재에 가까웠던 것이다.

강혁은 놈에게 스파크라는 이름을 붙였다.

"이거라면 교주의 방도 찾을 수 있겠지."

강혁은 의식의 연결고리를 바꾸어 스파크의 시야로 주변의 상황들을 훑어보다가 이내 조절기를 벗고 푸른색 버튼을 눌러 녀석을 다시 무로 돌려보냈다.

스파크의 시야를 통하면 들키지 않고 교주의 방을 찾는 것은 물론 안전한 길을 물색할 수 있을 지도 모르지만 그만큼 위험성도 컸다.

스파크와 동화해 움직이는 동안에 본래의 몸은 정지 상태로 들어서게 되기 때문이었다.

언제 살인마나 마녀가 들이닥칠지 모르는 지금의 상황에서 스파크와 동화하는 것은 자살행위나 마찬가지였다.

'일단은 좀 더 안전한 장소를 찾아야겠지.'

강혁은 뇌파 발생기를 끄고는 조절기마저 주머니 속으로 집어넣었다.

그리고는 주변을 좀 더 샅샅이 뒤지고 나서야 방을 나섰다.

나이프를 이용해 나머지 캐비닛들의 잠금장치를 뜯어내는데 성공한 강혁은 여러 가지 도구들과 함께 리볼버를 대신할 새로운 무기를 얻을 수 있었다.

글록 모델의 권총이 꽉 찬 탄창과 함께 빈 캐비닛의 내부로부터 발견된 것이다.

총기에 관해서는 전문가라고도 할 수 있는 강혁조차도 조금은 생소한 형태를 지닌 글록 권총은 10mm의 탄환을 쓰고 있음에도 무려 20발짜리 탄창을 지니고 있었다.

그 외에도 강혁은 붕대나 지혈제 등의 응급 도구들과 보조 배터리로써 쓸 수 있는 건전지들까지 얻을 수 있었다.

그렇게 복도로 나와 나아갈 방향을 고심하던 강혁은 결국 계속해서 아래로 향하는 것으로 방향을 잡았다.

왔던 길을 돌아가 봤자 별 달리 얻을 수 있을만한 단서가 있을 것 같지 않다는 이유도 있었지만 그보다 더 큰 이유는 다시 그 촉수괴물과 마주칠지도 모른다는 생각 때문이었다.

두려움을 떠나서 그런 혐오스러운 모습을 다시 마주하고 싶지는 않으니까.

"여긴가."

끝과 마주한 복도에서 계단을 찾지 못하고 서성이던 강혁은 얼마 지나지 않아 쉘터형의 뚜껑을 열고 아래로 향하는 사다리를 발견할 수 있었다.

[시험(9): 용기와 만용]

-이 앞으로 들어선 순간 감옥의 모든 살인마들이 침입을 인식하고 순찰을 시작하게 됩니다.

-살인마들에게 발각되면 끔찍하고 잔혹한 죽음을 맞이하게 될 지도 모릅니다. 그럼에도 진실을 찾길 원한다면 앞으로 나아가시길.

(조언: 당신의 선택입니다.)

그와 동시에.

강혁은 새로운 시험의 메시지창을 마주할 수 있었다.

'이건 아예 협박이군 그래.'

앞으로 나가면 큰일 날 거라고 겁을 주면서도 그에 대한 대가는 오롯이 본연의 몫이라고 선을 긋다니……

어떤 방식으로든 결국은 도움이 되던 조언마저도 이번에는 무책임의 극치를 달리고 있었다.

하지만 어쩌겠는가.

따져봤자 답해줄 이도 없는 것을.

"권총 하나에 더블배럴 샷건. 거기에 나이프랑 쇠파이프 정도인가? 참으로 대단한 무장이네."

지하 4층으로 들어서기에 앞서 소지한 장비를 체크해보던 강혁이 실소를 머금었다.

제법 괜찮은 무장이다 싶으면서도 상대하게 될 대상들을 생각하자 참으로 초라하게 느껴졌기 때문이었다.

"자, 그럼 가볼까. 지옥으로."

재차 마음을 추슬러 결의를 다진 강혁은 메시지창을 내리고는 사다리를 향해 발을 들여 놓았다.

혹여나 해서 아래를 랜턴으로 비추어 보았지만 다행히도 사다리의 주변으로는 살인마나 괴물의 흔적 같은 것은 찾을 수 없었다.

탁탁탁탁…

거침없이 차례로 손발을 놀리며 사다리를 내려간다.

터텅-

"…!"

마침내 발을 딛고 선 지면은 금속으로 이루어져 있었다.

마치 서양식 아파트의 비상계단과도 같은 형태였다.

그리고 이내,

랜턴을 비추어 주변의 모습을 확인한 강혁은 곧 확신하듯 고개를 끄덕였다.

'보일러실이군.'

수많은 파이프 관들과 선들이 얽히고설킨 채 연결되어 열기를 뿜어내고 망가진 레버들의 사이로는 이따금씩 증기마저 뿜어져 나오는 장면은 보일러실 밖에는 생각할 수가 없었다.

단순히 보일러실이라고 하기에는 그 규모나 형태나 너무나도 비현실적이었지만 말이다.

'고전 영화가 생각날 것 같은 비주얼이군.'

강혁이 아닌 사혁의 어린 시절에 보았던 공포 영화 중에는 '나이트메어(악몽)' 이라는 제목을 지닌 시리즈의 영화가 있었다.

칼날이 매달린 장갑을 끼고 페도라에 빨간색과 짙은 초록색의 가로 줄무늬 스웨터를 입고 화상을 입은 일그러진 얼굴로 웃으며 희생자들을 악몽으로 끌어들여 죽이는 살인마계의 슈퍼스타이기도 한 존재 프레디 크루거가 등장하는 작품이다.

용서받지 못할 죄를 저지르고도 정신병을 이유로 풀려난 그를 피해자의 가족들이 보일러실에 가둔 채 불태워 죽였다는 설정이 있기 때문인지 프레디가 희생자들을 끌어들인 장소는 항상 이런 느낌이었다.

'그렇다고 해서 정말로 프레디가 나오진 않겠지만 말이지.'

강혁은 고개를 절레절레 흔들며 열기가 뿜어져 나오는 파이프 관들을 지나쳐 좁은 길목으로 들어섰다.

그리고 이내.

어스름히 비추어지는 길목의 실루엣에 랜턴을 켰을 때였다.

애애애애애앵-

돌연 귀청을 찢을 것만 같이 커다란 사이렌 소리가 지하 가득 울려 퍼지기 시작했다.

아마도 침입자에 대해 알리는 경고의 사이렌일 터.

이제부터 살인마들은 숨어든 침입자를 찾기 위해 좀 더 바쁘게 돌아다니기 시작할 것이었다.

"하드모드 시작이군."

강혁은 굳이 랜턴을 끄지 않은 채 발걸음을 빨리했다.

랜턴을 끈다고 해도 어차피 지금의 시점에서는 몸을 숨길만한 장소조차도 찾을 수 없었기 때문이었다.

이럴 때에는 차라리 시야를 트여 주변을 살피며 빠르게 해당 장소를 벗어나는 편이 나았다.

텅텅텅텅-

금속 골제로 연결된 바닥이 발자국 소리와 함께 주변을 시끄럽게 울린다.

하지만,

강혁은 아랑곳하지 않고 오히려 걸음의 속도를 높였다.

그렇게 구불구불 이어지던 길목을 지나쳐 마침내 넓어지는 공터와 꺾여드는 모퉁이를 마주했을 때였다.

"흡!"

멈추지 않고 모퉁이 쪽으로 들어서려던 강혁은 돌연 호흡을 참으며 뒤로 조용히 물러났다.

"클클클클… 크킥, 크쿠쿡…."

모퉁이와 연결된 길목의 끝으로부터 왜소하고 마른 체격의 존재가 소름끼치는 웃음을 흘리며 다가들고 있었기 때문이었다.

딸깍-

랜턴을 비추어 숨을 곳을 확인한 강혁은 즉각 랜턴을 껐다.

다행히 살인마는 강혁을 발견하진 못한 듯 느긋한 걸음으로 다가들고 있었다.

그 사이 랜턴을 비추어 확인한 파이프 관들의 사이로 다가선 강혁은 그대로 몸을 웅크리며 안쪽으로 나있는 빈 공간을 찾아 기어들어갔다.

키기긱, 끼긱-

"크키키킥…."

살인마가 가까워지자 웃음소리와 함께 철판을 긁어내는 듯한 끔찍한 소음이 귓가를 달구었다.

모퉁이의 너머로부터 비추어진 희미한 불빛을 통해 확인한 살인마의 실루엣에 강혁은 기가 막힌다는 표정을 지을 수밖에 없었다.

'…진짜냐?'

페도라에 줄무늬 티셔츠.

거기에 긴 칼날이 매달린 클로형의 가죽장갑까지.

미묘하게 다른 모습이긴 했지만 그건 명백히 영화 나이트메어의 살인마 프레디 크루거를 정확히 본 딴 듯한 모습이었다.

만약 이게 영화의 한 장면이었다면 그것을 보는 관람객들에게 패러디를 넘어선 표절이라며 욕을 처먹어도 할 말이 없을 정도로 똑같았던 것이다.

"클클클…."

무엇이 그리 재밌는지 파이프 관들을 칼날 손톱으로 긁으며 웃음을 흘리던 살인마는 강혁의 존재를 눈치 채지 못한 것인지 이내 강혁이 지나왔던 길을 따라 어둠 속으로 사라져 버렸다.

"후우…."

참아왔던 숨을 내쉬며 파이프들의 사이에서 빠져나온 강혁은 살인마가 사라져버린 어둠 속을 쳐다보다가 이내 모퉁이를 돌아 다시 걸음을 옮기기 시작했다.

'그나저나 이건 대체 어떻게 된 일이지?'

랜턴을 켤 필요도 없이 충분히 시야를 밝혀주고 있는 전구들의 불빛에 의지해 걸음을 옮겨가며 강혁은 생각에 잠겼다.

이전부터 살인마들의 모습을 볼 때마다 생각했던 거지만 너무나도 공교롭지 않은가.

만약 이 모든 것들이 누군가의 악몽을 통해서 탄생한 것들이라면 지구에서나 유행했을 법한 소재라던가 클리셰에 해당되는 살인마가 등장하는 것은 이상했다.

하물며 프레디 크루거가 등장하는 영화 나이트메어는 2000년대도 아닌 1980년대에나 나왔던 작품이 아닌가.

노트북이나 스마트폰 따위는 당연시 여겨지는 세대를 살아가고 있던 소녀의 악몽을 통해서 생성된 것이라고 치기에는 너무나도 올드한 것이다.

'마녀의 상상인건가?'

만약 마녀 역시도 그 이전에는 평범한 사람 혹은 희생자였다면 충분히 이해가 가는 부분이었다.

"가능성은 있지."

본래 살인마들은 강혁과 같은 플레이어가 희생되어 만들어진 존재들이었다.

다만 그것이 이곳의 세상에 와서는 조금 다른 의미로 나타나고 있었지만 기본적인 골자는 결국 동일하다고 할 수 있는 것이다.

"음?"

생각을 이어가던 강혁은 문득 떠오르는 가정에 발걸음을

멈춰 세웠다.

뭔가 무서운 생각이 떠올랐기 때문이었다.

"설마…!"

'이 모든 것들이 결국 누군가의 악몽일 뿐이라면……'

동시에 강혁은 이번의 미션에서 줄곧 강조되어 왔던 '악몽'이라는 키워드를 떠올렸다.

"답답하군."

강혁은 이내 한숨과 함께 고개를 내저었다.

뭔가 커다란 실마리의 끝을 잡은 것 같은데 아무리 머리를 굴려도 그 이상은 생각을 이어갈 수가 없었던 것이다.

'일단은 당면한 현실부터 집중하자고.'

잠시나마 머릿속을 점거했던 생각들을 털어버리고 강혁은 난감한 얼굴로 정면을 응시했다.

생각에 잠겨 움직이는 사이 어느새 길의 끝을 마주했기 때문이었다.

여기저기 꺾여들기는 해도 기본적으로 단일 방향으로 연결되어 있던 길목의 끝은 결국 데드엔드(막다른 길)였다.

'정말로 막힌 건가?'

강혁은 막다른 길의 곳곳을 살폈다.

대부분의 경우 이런 상황에는 다른 통로로 이어지는 홈이 있다거나 레버 같은 것들이 숨겨져 있다거나 하는 경우가 많기 때문이었다.

하지만 아무리 돌아보고 벽을 더듬어 봐도 숨겨진 무언가가 발견되지는 않았다.

이대로 있다가는 결국 반대편 복도를 순찰하고 돌아온 살인마 프레디에게 발각되고 말 터.

"으음."

잠시 한 걸음 물러선 강혁은 팔짱을 끼며 생각에 잠겼다.

나름대로 유구한 역사를 이어온 넓게 생각하는 방법이었다.

단지 한 걸음 물러서서 제 3자의 시선을 자처하며 다시 살펴보는 것만으로도 새롭게 보이는 것들이 있고는 하니까.

'절대로 길이 없을 리는 없어.'

'그렇다고 길을 잘못 들었을 리도 없지.'

'여기까지 오는 동안 갈림길 따위는 없었으니까.'

생각이 생각을 물고 이어진다.

그렇게 얼마나 지났을까.

"설마…."

생각이 깊어짐에 따라 점차 아래로 숙여져 가던 시야로 비추는 철제 바닥을 응시하던 강혁이 문득 고개를 들어 올린다.

그리고는 좀 더 고개를 들어 위쪽을 응시하는 것이다.

시커먼 어둠만이 가득 들어차 있는 천장.

하지만 그 위로 랜턴을 비추어보자마자.

"망할."

강혁은 욕설을 머금을 수밖에 없었다.

위쪽으로 친절히 구멍까지 뚫려져 있는 환풍구가 어둠에 휩싸인 채 자리하고 있었기 때문이다.

여태껏 주욱 랜턴을 비추며 지나왔던 길목들과 달리 자체적으로도 밝은 주변의 환경 때문에 랜턴을 비추어본다는 과정을 깜빡 잊어버리고 말았던 것이다.

'쓸모없이 지체되고 말았군.'

이제라도 알았으니 다행이었다.

강혁은 새삼스럽게 반성의 한숨을 머금으며 즉각 도움닫기를 해서 환풍구에 매달렸다.

"으윽!"

이미 누군가 지나쳐간 흔적인 듯 환풍구의 입구로는 찐득한 핏물들이 눌러 붙어 있었다.

기분 나쁜 느낌들을 애써 무시하며 환풍구로 들어선 강혁은 랜턴을 앞으로 비추고 천천히 소리를 죽여 기어가기 시작했다.

그렇게 얼마가 지났을까?

몇 번이나 꺾어드는 통로와 갈림길들을 비추며 헤맨 끝에 결국 보일러실의 테마가 아닌 다른 장소까지 이어지는 통로의 앞에 도달한 강혁은 밖으로 나가려다말고 문득 차가운 벽에 등을 기대고 앉았다.

딱히 힘들다거나 하는 이유에서는 아니었다.

단지 생각이 났을 뿐이었다.

'굳이 다른 데를 찾을 필요가 없잖아?'

환풍구마저 뒤지고 다니는 살인마가 있을지도 모르겠지만 적어도 여태껏 강혁이 겪어왔던 데로라면 지금 가장 안전한 장소를 환풍구 속이었다.

굳이 다른 안전한 장소를 찾으려 할 필요 없이 환풍구 속을 이용하면 되는 것이다.

"차라리 잘 됐어."

강혁은 주머니 속에서 조절기를 꺼내어 다시 귓등에 걸치고는 뇌파발생기를 가동시켰다.

스아아아…

음산한 소음과 함께 주변의 공기가 뭉친다 싶더니 이내 그 형태를 이루어낸다.

-즈. 즈. 즈. 즈.

일렁이며 나타난 스파크의 모습을 확인한 강혁은 즉시 동화된 의식을 변환해 움직이기 시작했다.

'음, 이런 기분인가.'

인간이 아닌 무언가 다른 존재가 된다는 것.

그것은 신기하면서도 무언가 허전한 기분이었다.

하지만 강혁은 금방 적응해 유령이나 다름없는 몸체를 이용해 지하 감옥의 곳곳을 탐험하기 시작했다.

시간적인 제약에 대해 걱정을 할 필요는 없었다.

스파크에게 벽이나 층의 제약은 없었으며 그 이동속도

마저 빨랐기 때문이었다.

'이 다음 구역은 망치 살인마냐?'

'아래층은 콘셉트가 숲인 것 같군. 살인마는 말라붙은 미라 형태의 괴물이고.'

'여기는 생각보다 말끔한데? 하지만 피에로라니… 소름 끼치잖아!'

'대체 이런 구조는 어떻게 만든 거지? 이번에는 물속의 공포인가?'

스파크의 몸을 이용해 층을 거슬러 내려갈 때마다 강혁은 고개를 내저었다.

발견되는 살인마의 모습들이나 각 층의 환경들이 평범한 인간의 몸으로는 감히 도전을 하기 어려울 만큼 끔찍했기 때문이었다.

"그냥 갔었더라면 아마 백퍼센트 죽었겠군."

지하 9층의 제단까지 이어지는 영역들을 모두 탐사하고 나서야 의식을 되돌린 강혁이 실소를 머금었다.

하지만 그것도 잠시.

강혁은 이내 자신감 어린 미소를 머금었다.

'할 수 있겠어!'

스파크의 시야를 통해 각층으로 향하는 계단이나 길목들을 물론 살인마의 모습이나 그에 대한 대처방안마저 마련할 수 있었기 때문이었다.

예를 들면 가장 난코스라고 여겨지던 지하 7층의 하수도 구간은 본래 허리까지 차오르는 구정물 지대를 지나며 그 안을 돌아다니는 머멘과도 같은 괴물과 싸워야 했지만, 위쪽을 보면 몸을 기대어 매달려 갈 수 있는 배관과 손잡이 따위가 있었다.

그곳을 통하면 일부로 소리를 내서 이목을 끌지 않은 한은 살인마나 괴물에 대한 신경을 쓰지 않고서 빠르게 지나쳐 갈 수 있는 것이다.

그 외에도 각 층마다 최소 하나에서 세 명까지 있는 살인마나 괴물들을 피해갈 수 있는 방법들을 모두 찾아냈다.

모르는 상태에서 마주했다면 모를까.

알고서도 당할 리는 없는 것이다.

'이런 건 내 전문이니까.'

킬러의 업을 이어가는데 가장 중요한 것은 개인의 실력도 뛰어난 장비도 아닌 정보였다.

실제로 사혁이었던 시절 강혁은 타깃을 암살하기 위해 제공되는 기본적인 정보들 외에도 사소하기 짝이 없는 것들까지도 추가로 수집하여 성공률을 높였고, 그 결과로써 얻은 것이 실패율 0%의 킬러 '사신'이라는 별명이었다.

그런 강혁에게 맵핵이나 다름없는 정보가 주어졌는데 더 이상 머뭇거릴 이유가 뭐가 있겠는가.

끼이익…

근처의 살인마의 기척이 없다는 것을 확인한 강혁은 나

이프를 이용해 미리 반쯤 풀어두었던 환풍구 입구의 나사를 풀고 문을 열었다.

환풍구의 아래로 비추어지는 전경의 모습은 마치 사무실과도 같은 모습이었다.

다만 다른 점이 있다면 주변으로 핏물이나 살점의 흔적들이 가득 했으며, 책상 위로 놓인 컴퓨터나 서류들이 죄다 박살나거나 찢겨져 있다는 점이었다.

마치 회사원의 분노를 옮겨놓은 것만 같은 모습이다.

'그러고 보니 여기 살인마 복장이 양복차림이었지?'

강혁은 어쩌면 처음의 예감이 맞을지도 모른다고 생각했다.

이 모든 것들이 결국에는 누군가의 악몽을 구현화한 것뿐이라면… 각층의 모습들이나 살인마들의 모습 역시도 누군가의 악몽을 구현화한 모습일 테니까.

"어쨌든 서둘러야겠군."

찢어지고 낡은 양복 차림에 피로 물든 오함마를 질질 끌고 다니는 이번 층의 살인마는 다른 살인마들에 비하면 체격도 왜소한 편이었으며 외형 역시도 그리 끔찍해보이지는 않았지만 결코 방심할 수는 없었다.

'순간적으로 이동속도가 엄청 빨라졌었지.'

양복 살인마는 겉보기와 달리 대단히 파괴적인 힘과 속도를 지니고 있었다.

때마침 쥐 한 마리가 지나가다가 책상 끝에 위태로이

매달려 있던 서류철을 건드렸는데 그것이 떨어지는 소리가 들리자마자 미친 듯한 속도로 내달려 오함마를 휘두르는 모습을 볼 수 있었던 것이다.

양복 살인마는 기존의 살인마들처럼 소리나 기척에 민감하면서도 동시에 빨랐다.

하지만 반대로 시각적인 부분은 무척이나 약했다.

얼굴의 절반 이상이 뭉개져서 흘러내린 외형 때문인지 양복 살인마는 코앞의 환경도 알아채지 못해 벽에 부딪히거나 하는 모습들을 보여주었다.

'여기는 그냥 부딪히지 않고 지나가기만 해도 되니까.'

문을 열고서 본격적인 사무실의 복도로 진입한 강혁은 스스로의 복장을 다시금 체크하고는 미리 알아둔 길을 따라 움직이기 시작했다.

기척은 잠행술의 효과로 충분히 숨겨지고 있었으며, 근접 시에는 소리를 내지 않고서 호흡을 참기만 하면 들키지 않고 지날 수 있었다.

"흐으으으…."

걸음을 옮긴지 얼마 되지 않아 성대가 타버린 듯한 목소리와 함께 뭉개진 얼굴의 양복 살인마가 모습을 드러냈다.

그그극, 그그극…

걸음을 옮길 때마다 바닥에 늘어뜨린 오함마의 끝이 마찰되며 불쾌한 소리가 울린다.

그 모습을 확인한 강혁은 즉시 숨을 참고는 양복 살인마가 있는 방향을 향해 천천히 걸음을 옮기기 시작했다.

"흐으으… 흐으…"

거리가 가까워지자 역한 기운이 후욱하고 끼쳐왔다.

숨을 쉬지 않고 있음에도 확연히 느껴질 만큼 눅눅하면서도 후끈한 기운이었다.

"……"

강혁은 소리를 죽인 채로 양복 살인마를 지나쳤다.

만약을 대비해 언제든지 샷건을 쏠 준비를 하고 있었는데 양복 살인마는 정말로 강혁의 존재에 대해 알아채지 못하고 허무히 지나는 모습이었다.

이후 몇 번의 갈림길과 모퉁이를 지난 강혁은 아래층으로 향하는 계단을 찾을 수 있었다.

'이제 지하 6층인가.'

계단을 내려가면 이어진 나무문을 통해 이어지는 지하 6층의 구역은 축축한 공기가 가득한 풀과 나무들로 이루어진 수풀지대였다.

어떤 식으로 이루어진 건지는 모르지만 수풀 지대의 주변은 오후인 것처럼 밝혀지고 있었는데, 밀집되어 늘어선 나무들 덕분에 어둑해보였다.

단지 움직이는 것만 놓고 보자면 랜턴조차 필요가 없을 만큼 밝은 편이었지만, 정말로 그렇게 움직였다가는 단숨에 목숨을 잃고 말 것이었다.

수풀 지대에는 미라 괴물이 도사리고 있기 때문이었다.

바싹 말라붙은 회색의 몸체를 지닌 놈은 골룸과도 같은 신체구조를 지니고 있었는데, 수풀 속에서 보호색을 띄며 녹아드는 능력을 지니고 있었다.

때문에 스파크로 탐색을 할 때도 한 번에 찾지 못해서 몇 번이나 둘러보고 나서야 겨우 정체를 확인할 수 있었다.

'이 구간은 속도전인가.'

문을 열고 수풀지대의 초입에 들어선 강혁은 입술을 굳게 다물었다.

이번만큼은 조용히 지나가는 것이 불가했기 때문이었다.

수없이 머리를 굴려봤지만 아무리 생각해봐도 미라의 눈에 띄지 않고 숲을 지나는 것은 무리였다.

"후욱…."

때문에 선택한 것이 바로 속도전이었다.

물론 그렇다고 해서 무작정 내달리겠다는 것은 아니지만 말이다.

이번 구간은 독 함정을 적극 활용할 예정이었다.

숨을 죽이고 유리한 구간으로 이동해서 미리 함정을 세팅해두고 그것들에 미라 괴물이 지체되는 동안 다음 지역으로 넘어간다는 작전이었다.

아무래도 각층을 점거한 살인마나 괴물들은 자신의 영역 밖으로는 벗어나지 않는 모양이니까.

'어디보자… 마비 독. 이거군.'

숲으로 들어서기 이전 주변을 빠짐없이 훑어 미라가 숨어있지 않다는 것을 확인한 강혁은 소리를 죽인 채로 미리 봐두었던 구간을 향해 이동했다.

강혁이 찾아둔 구간은 빼곡히 모여든 나무들로 인해 길목이 좁고 곳곳에 자라란 풀들과 바위들로 인해 한 명이 겨우 지나갈 수 있을 법한 길목이 자주 발생하는 곳이다.

'함정을 설치하기에는 딱인 장소지.'

장소에 들어서자마자 머릿속으로 시뮬레이션을 돌린 강혁은 즉각 움직일 법한 장소들의 바닥으로 독 함정의 문양들을 그리기 시작했다.

단순한 발목을 잡기 위한 마비 독에서부터 타격을 입히기 위한 부식 독이나 산성 독까지.

다양한 독 함정들이 설치되었다.

이제 이 주변은 완전히 강혁의 지대가 되었다고 해도 과언이 아니었다.

"이만하면 되겠지."

잠시 서서 숨을 고르고 뭉친 근육들을 풀어준 강혁은 이내 숨을 크게 들이마신 뒤 숲이 떠나갈 듯 커다란 목소리로 외쳤다.

"으아아아아~!"

별다른 의미도 없는 비명.

하지만 미라에게는 아니었다.

"캬하아아아~!"

비명을 내지른 즉시 멀리서부터 수풀들을 헤치는 소리가 들리는가 싶더니 이내 근처의 나무로부터 뜯겨진 풀잎과 나뭇조각들이 떨어지며 미라가 그 모습을 드러낸 것이다.

칼날처럼 날카로운 손톱을 지닌 미라는 나무 위에서 곧장 뛰어내려 날아들었다.

"그래, 어디 한 번 해보자고!"

날아드는 미라의 모습을 확인한 강혁은 즉각 미라에게로 글록의 총구를 겨누어 방아쇠를 당겼다.

타앙-

정확히 미라의 미간을 향해 날아든 총알.

그러나 총알을 결국 허공만을 꿰뚫고 말았다.

"키히익!"

총알이 닿기 전에 미라가 허공에서 방향을 전환하며 경로를 벗어났기 때문이었다.

신기하다 못해 기괴할 정도로 비정상적인 움직임이었지만 강혁은 당황하지 않고서 미라의 낙하지점을 향해 미리 예측 사격을 한 뒤 내달리기 시작했다.

탕, 탕탕!

"캬하악!"

결국 미라도 모든 총알을 피해내지는 못 했는지 녹색의 핏물과 함께 고통에 찬 비명을 흘린다.

겨우 자그마한 생채기 정도를 낸 정도의 타격이었지만 어쨌든 괴물에게로 피해를 입힌 것이다.

저 정도라면 좀 더 강력한 위력을 지닌 샷건을 제대로 맞추는 것만으로도 충분한 타격을 가할 수 있을지도 몰랐다.

하지만,

강혁은 대적하는 대신 등을 돌려 달아나기 시작했다.

'모든 것은 계획대로.'

변하는 상황에 따라 섣불리 계획을 변경하는 것이 얼마나 위험한 일인지 잘 알고 있기 때문이었다.

지금 강혁의 목적은 미라를 함정들로 유인해 지체시키고 다음 구역으로 넘어가는 것뿐이었다.

"끼야아악!"

달리기 시작한 강혁의 뒤로 미라가 바싹 추격해왔다.

마치 스프링이라도 된 것처럼 지면과 나무 등을 박차고 튀어 오르며 순식간에 거리를 좁히고 있었던 것이다.

탕! 탕탕탕!

강혁은 뒤를 보지도 않은 채 적당히 총알을 쏘아대고는 미라의 움직임을 방해했다.

"키리리릭!"

그럼에도 불구하고 미라는 기민한 움직임을 보이며 빠르게 거리를 좁혀왔지만 강혁은 당황하지 않았다.

'첫 번째.'

어느새 첫 번째의 함정이 설치된 구간이 코앞으로 다가왔기 때문이었다. 등 뒤로 다가드는 미라의 울음소리를 들으며 강혁은 그대로 바닥을 굴렀다.

쉬이익-

아슬아슬하게 등 뒤를 스치고 지나가는 손톱.

그 사이 자세를 회복한 강혁은 다시금 내달리기 시작했다.

"캬하악!"

그에 미라는 분노를 터뜨리며 추격을 계속하려 했지만 바로 다음 순간 발아래서 터진 독 함정의 효과에 휘청할 수밖에 없었다.

'성공이군!'

마비 독이 발산되며 일순간 미라의 움직임을 제한했던 것이다.

하지만 잠시 머뭇거리는 것 같던 미라는 금세 회복하여 다시 강혁을 쫓기 시작했다.

"크르르륵!"

오크 정도 수준의 몬스터가 대상이라면 최소 1분 정도는 움직이지 못하도록 만들 수 있는 효과의 독이었지만, 미라에게는 불과 5초 정도의 효과 밖에는 유지되지 않았다.

하지만 강혁은 걱정하지 않았다.

그런 것에 대해 걱정하기에는 너무나도 많은 함정들을 설치해둔 상태였기 때문이었다.

치이이익…

"끼아아악!"

강혁의 뒤를 쫓아 덤불 속으로 뛰어들었던 미라가 고개를 쳐들고 한껏 비명을 터뜨린다.

산성 독 함정이 발산되었기 때문이었다.

발목으로부터 녹여드는 산성 독에는 미라 역시도 결코 무사하지 못한 모습이었다.

마른 장작에 붙은 불길처럼 순식간에 번진 독성이 피부층을 통째로 녹이며 파고들어간다.

'산성 독이 효과가 크군.'

적당히 멀어진 거리로부터 괴로워하는 미라를 살피며 강혁은 그대로 글록의 총구를 미라에게로 향했다.

타앙!

총구가 불을 뿜는 것과 동시에 정확히 미라의 관자놀이로 박혀 들어가는 총알.

"케엑!"

하지만 역시나 미라는 쓰러지지 않았다.

어차피 처음부터 쓰러지길 기대한 것도 아니고 말이다.

"캬하아악!"

머리를 흔들어 정신을 차린 미라가 다시 강혁을 쏘아보며 따라붙기 시작하자 강혁은 다시금 등을 돌리고 달아나기 시작했다.

적당히 함정이 설치된 구역들을 스치면서도 차분히 아래층으로 향하는 통로와 가까워질 수 있도록.

츠아아아…

"캬학!"

치이이익…

"끼에에엑!"

부그르르…

"케에엑!"

그런 식으로 함정이 설치된 주변을 몇 바퀴나 돌았을까.

이제 미라의 몰골은 엉망진창이었다.

'죽을 것 같은 모습이군.'

말라붙어있던 피부 층은 이제 녹아서 눌러 붙어 있었으며, 본래부터 녹색이던 피 색깔은 더 짙은 녹색으로 변해 끈적끈적하게 흘러내리고 있었다.

그 외에도 미라의 몸에는 곳곳에 총알이 파고들거나 관통한 흔적들이 가득했다.

솔직히 어떻게 아직까지 살아서 움직이고 있는지 의문스러울 정도로 심한 상태였지만 미라는 여전히 추격을 계속해오고 있었다.

'끈질긴 만큼 위협적이진 않지만.'

수 없이 독 함정을 밟으며 그것들이 누적된 미라는 흉측해진 겉모습이 아니더라도 움직임이 눈이 띄게 느려진 상태였다.

"이만하면…."

이만하면 봐두었던 경로를 따라 전력질주를 해도 되리라.

어차피 이제 사용할 수 있는 독 함정도 두 개 밖에는 남지 않은 상황.

'좋아, 지금!'

일부로 미라와 적당한 거리를 유지하며 체력을 보존해두고 있던 강혁은 고개를 끄덕이고는 미라로부터 완전히 등을 돌려 시선을 거두었다.

눈앞에는 덩굴이 얽히고설킨 좁은 길목이 이어지고 있었다.

이대로 쭉 따라서 달리기만 하면 다음 층으로 이어지는 지하 벙커를 만날 수 있는 길이었다.

'생각보다 소모 값이 크긴 했다만……'

강혁은 어느새 텅 비어버린 글록을 허리춤에 차고는 길을 따라 빠르게 내달리기 시작했다.

파사삭, 파삭-

무릎 위까지 자라난 풀들과 넝쿨들이 옷 위로 마구 스친다.

마치 누군가가 발목을 잡아끄는 듯한 이물감이 일었지만 강혁은 멈추지 않고서 계속해서 내달렸다.

그렇게 약 3분여가 지났을까?

"좋아!"

강혁은 마침내 지하 벙커의 입구를 발견할 수 있었다.

철컥-

끼이익-

묵직한 무게의 철문을 열자 어둠에 휩싸인 지하 벙커의 내부가 탁한 공기와 함께 그 모습을 드러낸다.

랜턴을 비추어 내부의 전경을 확인한 강혁은 곧장 사다리를 타고 아래로 내려갔다.

"……."

혹시나 쓸 만한 물건이 있을까 싶어서 가볍게나마 둘러보았지만 벙커로는 오로지 빈 공간과 그 위로 뿌옇게 내려앉은 먼지들 밖에는 발견할 수 있는 것이 없었다.

'이쪽이던가?'

강혁은 기억을 더듬어 벙커 한쪽으로 이어진 문을 열고 통로로 들어섰다.

마치 지하도와도 같은 느낌이 나는 통로는 몇 개의 갈림길과 꺾여드는 길들로 미로처럼 얽혀 있었다.

만약 미리 확인해보고 오지 않았더라면 길을 찾는 데에만 꽤나 애를 먹었으리라.

'쭉 가다가 우측 길목, 그 다음에 왼쪽으로 꺾어서 기둥 뒤에 숨겨진 문을 통해서 가다가 다시 좌측 길이었지?'

강혁은 일말의 망설임도 없이 랜턴의 불빛을 따라 길을 비추며 빠른 걸음을 내딛었다.

철컥-

그그극-

기둥 뒤 문의 손잡이를 움켜쥐어 비틀어 잡아당기자 묵직한 통짜 쇳덩이의 문이 육중한 소리와 함께 끌려나온다.

반쯤의 틈만을 만든 뒤 그 안으로 들어선 강혁은 곧장 이어진 길목의 끝으로 연결된 갈림길의 좌측을 향해 빠르게 들어섰다.

'좋아, 제대로 찾아왔군.'

길목의 끝으로부터 아래로 향하는 계단의 실루엣을 확인한 강혁은 만족스러운 미소와 함께 곧장 발걸음을 내딛었다.

그렇게 의심 없는 발길을 옮겨가고 있을 때였다.

"…!?"

계단과 불과 2미터 정도의 거리만을 남긴 상태에서 강혁은 돌연 발걸음을 멈춰 세웠다.

뭐라 설명할 수는 없지만 무언가 위험한 감각이 전해져왔기 때문이었다.

냄새도 소리도 없었지만 저 어둠의 너머로 무언가가 도사리고 있을 것만 같은 예감이 들었다.

'설마…'

강혁은 마른침을 삼키며 손을 뒤로 돌려 샷건을 움켜쥐었다. 그리고는 천천히 계단을 비추던 랜턴의 불빛을 벽을 따라 훑으며 위로 향했다.

그리고,

마침내 불빛이 천장의 깊숙한 홈으로 향한 순간!

"캬하아악!"

"이런 씨발!"

강혁은 욕설을 머금을 수밖에 없었다.

만신창이가 된 몰골의 미라가 벽에 매달린 채로 노려보고 있었기 때문이었다.

'하여간 잠시도 방심할 수가 없고만 그래.'

미라는 아무래도 지하 배관을 타고서 온 듯 했다.

"케르르륵….."

강혁이 내려가는 것을 경계하듯 계단 위의 천장에 매달린 채로 울음을 흘리는 미라는 그동안 쌓여온 분노를 곱씹듯 날카로운 손톱을 이용해 벽을 긁어대고 있었다.

끼기긱, 끼긱–

손톱을 움직여갈 때마다 소름끼치는 소리가 귓가를 울린다.

미간을 찌푸린 채로 고착되어 있던 강혁은 이내 이를 악물며 샷건을 움켜쥐었다.

여기까지 와서 되돌아갈 수도 없는 노릇이니까.

어차피 지금 택할 수 있는 방법은 정면 돌파뿐이었다.

"간다! 어디 한 번 막아보시던가!"

외침과 함께 강혁은 곧장 지면을 박차며 계단을 향해 내달렸다.

"키에에엑!"

그에 맞추어 미라가 뛰어내리며 날카로운 손톱을 휘둘러 왔지만 강혁은 속도를 늦추지 않고서 아예 슬라이딩을 하듯 몸을 기울이며 미라를 스쳐지나갔다.

"캬하악!"

지면을 딛자마자 재빨리 몸을 돌린 미라가 다시금 튀어 오르며 강혁에게로 날아들었지만 놈은 목적한 바를 이룰 수가 없었다.

"이제 그만 꺼져!"

타아앙!

어느새 미라를 향해 겨누어진 더블 배럴 샷건의 총구가 불을 뿜었기 때문이었다.

"끼에에에엑!"

끔찍한 비명성과 함께 미라는 날아들던 속도를 잃고서 그대로 떨어져 내려 바닥에 처박혔다.

'역시 샷건이구만.'

그 모습을 확인한 강혁은 연기가 피어오르는 총구를 내리며 유유히 등을 돌려 계단을 타고 아래로 내려가기 시작했다.

"까아아아악!"

등 뒤로 고통과 분노에 찬 비명성이 시끄럽게 들려왔지만 그것은 허망한 메아리로만 남을 뿐이었다.

예상대로 각층의 살인마나 괴물들은 각자의 영역만을 오갈 수 있는 모양이었다.

탁탁탁탁탁…

나선형으로 연결된 계단을 타고서 아래로 향한 끝에 마주한 것은 마치 저택의 와인 저장고와 연결되어 있을 것만 같은 모습의 커다란 나무문이었다.

"끄응!"

강혁은 문 위로 걸려있던 나무걸쇠를 빼내고 그대로 문을 열어젖혔다.

끼이이이…

을씨년스러운 소리와 함께 이어진 공간은 중세시대의 느낌이 물씬 풍기는 부엌이었다.

'이제 지하 7층 째.'

지하 7층은 저택의 내부와 같은 느낌을 지닌 구간이자 가장 많은 살인마들이 돌아다니고 있는 층수였다.

피에로에 드레스 차림의 귀부인.

그리고 피로 물든 요리사까지.

'끔찍하군.'

단순히 말로만 들어서는 그다지 이상하지 않아 보이지만 이번 층은 여러모로 기분 나쁜 요소들이 많았다.

피에로는 그 존재 자체부터가 이미 끔찍했지만, 다른 살인마들 역시 멀쩡한 것은 아니었다.

식칼을 들고 돌아다니는 피에로와 달리 귀부인은 기다란 쇠꼬챙이 같은 것을 들고 다녔는데, 그것을 이용해서 저택 곳곳에 묶여진 '인간'들을 고문하는 모습이었다.

광신도들처럼 맹목적인 모습도 아닌 것으로 보아 그들은 분명 교주에게 굴복하지 않은 피해자들이었다.

누더기처럼 변해버린 모습을 보면 이젠 정말 인간이라고

불러야 될지도 의문이지만 말이다.

"후우…."

요리사 복장의 살인마는 가장 덩치가 큰 개체로써 추적자와 비슷한 몸집을 지니고 있었다.

지닌 무기는 커다란 도축용의 칼로써 인간의 몸 정도는 가볍게 두 동강 낼 수 있을 만큼 무지막지한 크기를 하고 있었다.

'어느 쪽이든 걸리면 귀찮아지겠지.'

강혁은 재차 숨을 고르며 의지를 다졌다.

그리고는 천천히 발걸음을 옮겨가기 시작했다.

톱스타의 킬링필드

It will is coming

chapter 6. 변수와 갈림길

Hell is coming

chapter 6. 변수와 갈림길

"흠, 흠흐음~♪"

퓨엔테는 모처럼 기분이 좋아 콧노래를 불렀다.

근래 들어 영 소홀하던 그로부터 오랜만의 호출이 들어
왔기 때문이었다.

그가 아끼던 노예를 모함해 죽여 버린 뒤로부터는 쭉 무
시하듯이 지내고 있었으니 거의 한 달만의 일이었다.

'무슨 일이실까? 드디어 화가 풀리신 걸까? 후후후.'

퓨엔테는 자꾸만 웃음이 새어나오려는 것을 애써 참으며
잰 걸음을 옮겼다.

잠시 후.

그녀는 3미터는 되어 보이는 거대한 문의 앞에 서 있었다.

그곳은 그가 주로 머무는 집무실이자 교주의 방이기도 한 신성한 공간이었다.

"아!"

퓨엔테는 문을 열고 들어서려다 말고 거울 앞에 서서 옷매무새를 고쳤다.

낡아 있는데다가 여기저기 찢어진 흔적까지 남아있는 수녀복이었지만 퓨엔테는 주름 하나라도 있을까 살피며 잔뜩 신경을 쓰는 모습이었다.

왜냐하면 이 문의 너머에서 그녀를 기다리고 있는 인물은 바로 그녀를 탄생시킨 장본인이자 그녀가 가장 존경하며 사모하는 존재이기 때문이었다.

"나베리우스님…."

중급 악마 나베리우스.

그것이 바로 교주의 정체였다.

사이비 종교 블랙 메시아는 시초부터 악마의 손아귀에서 시작된 것이었다.

그의 비호 아래에서 신녀로써 활동하던 퓨엔테는 본래 중세 시대를 살아가던 평범한 인간이었지만 마녀 사냥을 당하여 희생되고 말았다.

바로 그때 그녀를 되살려서 지금과 같은 존재로 만들고서 힘을 준 것이 바로 나베리우스였고 말이다.

때문에 수없이 많은 세월이 지나고 심지어는 세상이 바뀌고 존재 자체가 흩어졌다 합쳐지는 와중에도 그녀는 나베리우스를 항상 존경하고 사모했다.

그녀에게 있어서 그는 부모이자 연인이었으며 또한 구원자였기 때문이었다.

"좋아, 예쁘네."

어딜 봐도 예쁘다기보다는 섬뜩한 느낌이 드는 모습이었지만 퓨엔테는 스스로의 자태에 만족하며 미소를 지어보였다.

그리고….

목소리마저 가다듬으며 문을 향해 손을 뻗었을 때였다.

끼이이익…

"…?"

분명 마력에 의해 봉인되어지고 있을 문이 별다른 신호를 보내지도 않았는데 저절로 열려졌다.

'…무슨!?'

퓨엔테의 눈동자 속으로 불안이 스쳤다.

결코 있어서는 안 되는 일이 벌어졌기 때문이었다.

그녀가 모시는 주인이자 사모하는 님인 나베리우스는 무척이나 신중한 성격을 지니고 있었다.

아무리 가까이 두는 이도 절대로 100퍼센트 믿지는 않으며 언제나 배신에 대한 가정을 두며 항상 최후의 장치를 해두는 것이다.

이번의 경우에는 교주의 방에 대한 접근권이 그러했다.

그와 가장 가까운 존재이자 실질적인 주종관계임에도 불구하고 그는 항상 봉인된 문을 통해 발산된 신호를 받고 나서야 문을 열어주었었다.

한데,

바로 그 문이 저절로 열려진 것이다.

"안 돼!"

벌어진 문의 틈으로 흘러드는 강렬하면서도 불길한 예감에 퓨엔테는 즉각 힘을 발산시켰다. 어둠의 기류가 뿜어지며 인간의 모습처럼 보이던 퓨엔테의 모습이 마녀 본연의 모습으로 변했다.

콰앙!

염력에 휘말린 문짝이 그 크기가 무색하게 무참히 부서지며 안쪽으로 튕겨져 날아 들어간다.

[누구냐!]

그 뒤를 이어 바로 진입한 퓨엔테가 소리친다.

어느새 그녀의 손에는 저주의 단검이 들려있었다.

[……]

퓨엔테는 잔뜩 긴장을 끌어올리며 넓게 펼쳐진 홀 전체를 살폈다. 그리고는 이어지던 시선이 마침내 홀의 중앙에 위치한 권좌를 향했을 때였다.

[나베리우스님!]

권좌에 앉은 채 고개를 숙이고 있는 나베리우스의 모습에 퓨엔테는 눈을 크게 치뜨며 그의 이름을 불렀다. 하지만 나베리우스는 대답은커녕 고개를 들지도 못하는 모습이었다.

마치 정신을 잃어버리기라도 한 것처럼.

바로 그때였다.

[네, 네년은!?]

권좌의 뒤에서 돌연 모습을 드러낸 누군가의 존재에 퓨엔테의 표정이 흉하게 일그러졌다.

그녀 역시도 익히 알고 있는 얼굴이었기 때문이었다.

겁에 질린 얼굴로 그녀를 바라보고 있는 여인.

수척하지만 제법 봐줄만한 미모를 지니고 있는 여인은 다름 아닌 레이첼이었다.

파도가 지나갔을 때에 기회를 놓치지 않고 필사의 도주를 감행해 교회를 벗어났던 그녀가 스스로의 발로 다시 돌아온 것이었다.

[무슨 짓을 한 거지? 똑바로 말해!]

퓨엔테는 스스로의 존재를 강하게 뿜어내며 레이첼을 압박했다. 그녀를 추궁하면 이 모든 일들의 해결책을 찾을 수 있기라도 한 것처럼.

하지만,

결과적으로 퓨엔테는 자신의 일을 성공할 수가 없었다.

[…어, 어떻게?]

존재감은 물론 발산한 힘의 여파 전부가 소멸하며 오히려 역으로 밀려들었기 때문이었다.

그것은 또 다른 거대한 존재감의 발산이었다.

바로 그때였다.

"무척이나 놀란 표정이네?"

권좌의 뒤로부터 앳된 목소리가 들려왔다. 하지만 퓨엔테는 그 목소리로부터 강렬한 두려움이 이는 것을 느꼈다.

목소리의 주인이 지금 홀 전체를 덮고 있는 거대한 존재감의 주인이라는 것을 알기 때문이었다.

이내, 권좌의 뒤로부터 그 정체를 드러낸 '존재'의 모습에 퓨엔테는 두 눈을 부릅뜰 수밖에 없었다.

"호홋, 오랜만이지?"

10대 초반 정도로 보이는 외형의 소녀가 요사스러운 미소를 머금은 채 서있었던 것이다.

그녀 역시도 익히 알고 있는 존재였다.

기억하고 있던 모습과는 상당히 다른 모습이었지만 말이다.

"하도 불러주질 않아서 말이야… 결국 내가 직접 왔어. 어때? 고맙지? 호호홋."

[에밀리아 님?]

그녀의 정체는 다름 아닌 에밀리아였다.

레이첼과 함께 실종되기 이전에는 나베리우스에게 특별 관리를 받고 있던 반인반마의 소녀이자 '그릇'의 역할로써 받들어지기도 하고 있던 존재.

극진히 대하라는 나베리우스의 명에 따라 잘 모시고는 있었지만 실제로는 곧이어 바쳐지게 될 제물에 불과했던 그녀가 지금 그 모습을 드러낸 것이었다.

그것도 이전과는 사뭇 달라진 거대한 존재감을 머금은 채로 말이다.

퓨엔테의 머릿속이 한껏 복잡해졌다.

그녀로써는 결코 이해할 수 없는 일들이 벌어지고 있었기 때문이었다.

"아마 궁금한 게 많을 테지만… 지금은 좀 참아줄래?"

[…네?]

"갑자기 주인이 바뀌어서 혼란스럽긴 할 테지만 나도 좀 바쁜 몸이라서 말이야."

에밀리아는 자연스럽게 명령을 내리려는 모습이었다.

마치 처음부터 그랬었던 것처럼 말이다.

[설마… 무슨 짓을 한 겁니까!?]

에밀리아의 존재감이 뿜어내는 압도적인 위용에 저도 모르게 고개를 끄덕일 뻔 했던 퓨엔테가 필사의 인내로 고개를 쳐들며 캐물었다.

"무슨 짓이라니? 그냥……."

에밀리아는 대수롭지 않다는 듯 콧소리를 머금으며 답했다.

"왕위를 계승했을 뿐인 걸? 후후훗."

대답과 함께 에밀리아는 권좌에 앉혀져 있던 나베리우스의 몸을 향해 손을 뻗었다. 그리고는 조막만한 손을 쫙 펼쳤다가 쥐어짜듯 움켜쥐며 웃어 보이는 것이다.

"이런 식으로 말이야."

[안 돼에엣-!]

비명과 함께 퓨엔테는 순간이동을 사용해 에밀리아에게로 날아들었다.

하지만 그녀는 다가서기는커녕 제자리에서 단 한 걸음도 움직이지 못 했다.

콰드득, 콰득-

콰직, 푸화하하학-

나베리우스의 몸체가 그대로 구겨지며 박살나고 뭉개지다가 끝내는 폭발해 피분수가 되어 흩어지는 모습을 그저 지켜볼 수밖에는 없었다.

왜냐하면,

에밀리아가 그것을 원했기 때문이었다.

"어때? 이래도 못 알아들으려나?"

[어떻게… 어떻게 이런 일이…….]

충격에 말을 더듬어대는 퓨엔테의 모습을 보며 에밀리아가 말을 이었다.

"주인이 바뀌었다는 말의 의미를."

그녀의 입가로는 어느새 요사스러우면서도 사악한 미소가 걸려 있었다.

"끄아아악!"

"제발, 제발…!"

쇠꼬챙이가 움직여질 때마다 고통에 찬 비명이 저택의 복도를 가득 울렸다.

날카롭게 날이 선 꼬챙이의 끝이 매달린 희생자들의 연약한 피부를 찢어발기고 헤집으며 그 안에 자리한 혈관들마저 뒤틀어댔기 때문이었다.

그것은 아무런 이유도 목적도 없는 고문이었다.

단지 고문 그 자체로써의 일.

'젠장….'

무감각한 손놀림으로 희생자들을 다져대는 드레스 살인마의 모습에 강혁은 낮게 이를 갈았다.

실시간으로 펼쳐지는 고문의 현장 따위에 분노나 혐오감 따위의 감정을 느낀 것은 아니었다.

그런 것에 일일이 반응하기에 이미 강혁은 너무나도 많은 일을 겪었고 또한 고문은 스스로도 몇 번이고 행한 적이 있었기 때문이었다.

'심하잖아 저건.'

하지만 그가 행했던 것과 눈앞에서 펼쳐지고 있는 일은 사뭇 달랐다.

아무런 목적도 없이 무감각하게 기계적으로 행해지는

고문이라니……, 이 얼마나 끔찍한 일이란 말인가!

하물며 고문을 당하는 희생자들은 어떤 영문인지 피부가 통째로 벗겨지고 그 안의 속살이 다 파헤쳐지고 내장기관들마저 흘러내린 채 온통 걸레짝이 되어있으면서도 숨통이 붙어 있었다.

마치 영원히 독수리에게 간을 쪼여 먹히는 형벌을 받은 프로메테우스처럼 매달린 채 고통 받고 있었던 것이다.

"……."

하지만 강혁은 그들을 도울 수 있는 방법이 없었다.

지금 그는 그저 이곳을 조용히 지나쳐가야만 하는 도둑과도 같은 존재에 불과하기 때문이었다.

'뭐, 실제로도 도둑질을 하러 온 거니까.'

연이어 들려오는 비명들을 들으며 강혁은 애써 희생자들로부터 시선을 거두었다.

요리사 살인마의 눈을 피해 훌륭히 부엌을 벗어난 강혁이 굳이 계단을 타고 올라와 2층의 복도로 접어든 이유는 가져갈 것이 따로 있기 때문이었다.

2층 복도의 끝에 위치한 우측 세 번째의 방.

그곳이 바로 롱기누스의 창이 보관되어지고 있는 장소였다.

강혁은 스파크를 통해 길을 탐색하던 와중에 롱기누스의 창의 존재를 확인할 수 있었다.

'하필이면 말이지.'

때문에 강혁은 위험을 무릅쓰면서도 2층의 복도로 접어들 수밖에 없었다.

2층으로는 드레스 차림의 살인마가 돌아다니며 매달린 희생자들을 고문하며 이따금씩 피에로 살인마마저 랜덤하게 돌아다니기 때문에 위험도가 높은 장소였다.

더군다나 좁은 복도에서 몸을 숨길 방법이라고는 간간히 설치된 미술품들의 뒤에 숨거나 구석진 장소의 음영으로 녹아드는 수밖에는 없었던 것이다.

'들키기도 쉽고 들킨 뒤에는 더더욱 대책이 없지.'

하지만 강혁은 그럼에도 2층의 복도로 접어든 상태였다.

미션을 완수할 수 있는 키워드로써 '롱기누스의 창' 이 거의 확실시 되어버린 이상 그를 두고 가서는 이야기가 진행이 되질 않기 때문이었다.

'그러니까 이제 슬슬 이동해줬으면 좋겠는데 말이지.'

고풍스러우면서도 묘하게 화려한 대형 항아리 장식품의 뒤로 몸을 숨긴 강혁은 기계적인 움직임으로 느긋하게 고문을 이어가는 드레스 살인마의 모습을 보며 미간을 찌푸렸다.

그녀가 이동해야지만 롱기누스의 창이 보관된 방을 향해 갈 수 있기 때문이었다.

길목은 오로지 직선으로만 이어져 있었다.

드레스 살인마의 옆을 지나치지 않으면 안 된다는 뜻.

'망할!'

강혁의 타들어가는 마음을 아는지 모르는지 드레스 살인마는 여전히 느릿한 움직임으로 꼬챙이를 움직여 희생자들을 고문할 뿐이었다.

"흐으으으…."

푸극—

강혁은 이를 악물었다.

슬슬 불안감이 차오르고 있었기 때문이었다.

'너무 지체되고 있어… 이대로 있다가는……!'

강혁은 의식적으로 고개를 돌려 어둠이 내려앉은 뒤편의 복도를 응시했다.

어둠이 잠겨든 복도는 금방이라도 무언가 튀어날 것처럼 무겁고도 으스스한 공기를 머금고 있었다.

"……."

드레스 살인마를 지나치는 가장 안전한 방법은 이런 식으로 뒤를 따라가다가 복도의 끝을 찍은 그녀가 다시 왔던 길을 거슬러 돌아갈 때에 숨을 죽이고 버티며 자연스럽게 스쳐 지나가도록 방법이었지만…….

'좀 빠릿빠릿하게 하라고!'

지금처럼 느릿하게 진행되어서야 답이 되질 않는 것이다.

여기에 추가로 피에로 살인마까지 나타나게 되면 강혁은

그야말로 죽음을 각오해야만 할지도 몰랐다.

바로 그때였다.

"이히히히힉!"

등 뒤의 어둠으로부터 광기가 서린 웃음소리가 들려왔다.

마치 히스레저의 조커를 연상시키는 섬뜩하면서도 기분 나쁜 웃음소리.

'이런 제기랄!'

끝내 피에로 살인마가 모습을 드러낸 것이다.

항아리 뒤에 숨은 채로 강혁은 더 깊숙이 몸을 웅크렸다.

다소 정적인 드레스 살인마와는 달리 피에로 살인마는 도무지 움직임을 종잡을 수가 없기 때문이었다.

복도를 아무렇게나 뛰어다니는가 하면 갑자기 벽에 들러붙기도 하며 어떨 때는 장식물들의 틈에 바짝 서서 스스로 장식품인척 연기하기도 했다.

그야말로 '광대' 라는 틀에 가장 잘 어울리는 모습을 하고 있는 것이다.

때문에 강혁은 한시도 방심할 수가 없었다.

조금이라도 긴장을 놓았다간 그 순간 놈에게 발각되고 말테니까.

"히헤헤헤헤!"

"허읍!"

도대체 무엇을 보고 있는 건지 빈 허공을 향해 마구 손짓을 하며 제스처를 취하던 피에로 살인마가 돌연 강혁이 있는 방향을 향해 전력으로 뛰어들었다.

그에 강혁은 반사적으로 뛰쳐나갈 뻔 했지만 필사의 인내로 참아내고는 두 손을 들어 입과 코를 틀어막았다.

"이히히히…."

다행히도 피에로 살인마는 강혁에 대해 알아차리지 못하고 지나쳐서는 드레스 살인마저 지나쳐 반대편 복도의 끝으로 뛰어가 버렸다.

"후우… 젠장."

참았던 숨을 몰아쉬며 강혁은 욕설을 머금었다.

아무리 강혁이라도 해도 방금 전에는 그야말로 심장이 철렁하는 기분이 들었었기 때문이었다.

하지만 그것도 잠시.

강혁은 이내 미간을 좁히며 복도의 끝을 응시했다.

'그런데… 이제 어떡한다?'

피에로 살인마의 등장으로 인해 이제 들키지 않고 복도를 지나는 일의 난이도는 급격히 상승한 감이 있었다.

차라리 피에로 살인마가 나타나기 전에 다소 위험하더라도 그냥 드레스 살인마를 지나쳐서 가는 게 낫지 않았을까 하는 생각이 떠올랐지만 강혁은 이내 머리를 흔들어 생각을 지워 버렸다.

이미 되돌릴 수 없게 된 일에 대해 이제와 후회를 해봐야 무슨 소용이 있단 말인가.

지금 필요한 것은 어떻게든 방법을 찾아내는 것이었다.

언제 어떤 상황에서든 방법은 있기 때문이다.

만약 없다면 그것은 정말로 없는 것이 아니라 미처 찾아
내기 못했을 뿐인 것이었다.

'정면 돌파는 자살행위고, 지금처럼 뒤를 따르는 것도
위험해. 그렇다면…….'

차라리 이대로 앉아서 피에로 살인마와 드레스 살인마가
모두 지나쳐 주기를 기다리는 게 어떨까 하는 생각이 문득
들었지만 강혁은 이내 고개를 내저었다.

'그 이전에 내가 발각될 확률이 더 높을 테니까.'

어디까지나 운이나 다름없는 일에 모든 것을 걸 수는 없
었다. 치열하게 머리를 굴리며 강혁은 샷건의 방아쇠에 손
가락을 걸었다.

'차라리…'

어설프게 버티다가 최악의 상황에 몰리는 것보다는 유리
한 시점을 골라서 강행돌파를 하는 편이 낫지 않을까?

문득 떠오른 생각이 돌연 강렬한 설득력을 머금었다.

죽지 않는 살인마들이라고는 해도 그 신체 능력이 도무
지 상대할 수 없을 만큼 대단한 것은 아니니까.

그렇다면 충분히 상대하면서 달아난다는 선택지도 가능
한 것이다.

살인마들은 자신의 구역을 벗어날 수가 없고, 강혁은 다

음 층으로 내려가는 길을 선명히 기억하고 있기 때문이었다.

'좋아….'

강혁은 생각을 굳혔다.

그리고는 되돌아온 피에로가 다시금 강혁을 지나서 멀어지기를 기다려 잔뜩 낮추었던 몸을 슬며시 일으키려고 할 때였다.

[끼이이이이익-!]

돌연 날카로운 소음이 귀청으로 파고들었다.

갈고리로 쇠판을 긁어내리는 듯한 소리였다.

'큭! 이건 또 뭐냐고!'

마치 귓가로 직접 새겨 넣은 것처럼 선명하게 파고들며 긁어내리는 소음에 강혁은 미간을 잔뜩 찌푸렸다.

그리고,

바로 다음 순간이었다.

"흐ㅇㅇㅇ…?"

"키히히힉?"

드레스 살인마와 피에로 살인마가 돌연 하던 행동을 멈추고 아무 것도 없는 허공을 응시했다. 마치 정지 버튼을 누르기라도 한 것처럼 그대로 굳어버린 것이다.

그와 동시에,

[분기 발생 ? 의외의 변수]

-무언가 변수가 발생했습니다. 그것이 어떤 식으로 작용하게 될지는 알 수가 없습니다. 그러니 선택을 해주시길.

-선택한 결과는 절대로 되돌릴 수 없으니 신중히 결정해 주세요.

돌연 새로운 메시지 박스가 떠오르며 '의외의 변수' 라는 이름의 글귀가 새겨졌다.

그리고 이내,

[선택 1. 무언가 불길한 일이 벌어졌습니다. 당장 왔던 길을 돌아서 달아나십시오. 그러면 살아남을 수 있을지도 모릅니다.]

[선택 2. 진실을 쫓아 계속해서 나아가십시오. 위험을 무릅쓴 만큼 커다란 보상을 찾을 수 있을지도 모릅니다.]

예의 선택지가 떠올랐다.

'변수라고?'

강혁은 이해할 수 없다는 표정을 지었다.

하지만 그에 대해 고민하고 있을 틈은 없었다.

누가 봐도 확실한 기회가 눈앞에 드러나 있었기 때문이었다.

'완전히 멈춘 거 맞지?'

드레스 살인마와 피에로 살인마는 허공을 응시하던 자세 그대로 인형이라도 된 것처럼 굳어져 움직이지 않고 있었다.

선택지를 고르기에 앞서 몸을 일으켜 세워 조심스럽게 피에로 살인마와 드레스 살인마의 옆을 지나친 강혁은 그대로 걸음을 옮겨 복도 끝의 우측 세 번째에 위치한 방의 문을 열어 젖혔다.

고오오오…

'빙고!'

문을 열어젖히자마자 음울한 기운과 함께 마치 관과도 같은 모양의 장식장에 곱게 보관된 롱기누스의 창의 모습이 보였다.

롱기누스의 창은 창대부터 창날까지 온통 시커멓게 물들어 있었다. 아무리 봐도 도무지 성스러운 의미의 무기처럼 생각되지는 않는 모습.

'차라리 악마의 창이라고 하면 모를까.'

다이아몬드 형으로 뻗은 창날은 마치 만년필의 펜촉처럼 중앙을 가르는 홈이 있었는데, 그 폭이 넓어 어떻게 보면 과일용의 포크 끝처럼 보이기도 했다.

창날과 창대를 잇는 연결고리로는 양옆으로 달아서 뭉쳐진 듯한 문양이 새겨져 있었는데 그것이 무슨 의미인지는 알 수가 없었다.

강혁은 고개를 끄덕이며 장식장을 열고 롱기누스의 창을 집어 들었다.

"도대체 무슨 상황인지는 모르겠다만……."

어쨌든 덕분에 롱기누스의 창을 손쉽게 습득할 수 있었다.

살인마들은 아직까지도 굳어진 채로 움직이지 않고 있는 상태.

'좋군.'

샷건을 등으로 돌려 메고 롱기누스의 창을 양손으로 움켜쥔 강혁은 익숙하게 와 닿는 무게감과 균형감에 만족을 느끼며 다시 살인마들을 지나쳤다.

혹시나 해서 1층에 들어선 뒤로부터는 숨을 죽인 채 조용히 걸었지만 굳이 그럴 필요는 없었다.

멈춘 채로 굳어진 것은 비단 2층의 두 살인마뿐만이 아니었기 때문이었다.

요리사 살인마저도 어딘가를 응시한 채로 굳어져 있었다.

덕분에 유유히 중앙의 홀을 가로질러 창고와 연결된 비밀통로로 접어들 수 있었던 강혁은 지하 8층으로 내려가는 사다리를 확인하고 나서야 선택지로 손을 얹었다.

"뭐, 여기까지 왔으면…."

결코 다시 돌아갈 수는 없지.

강혁은 고민을 할 것도 없이 두 번째의 선택지를 골랐다.

[부디 당신의 선택이 옳았기를.]

공기 중으로 희미하게 사라져가는 선택 완료의 메시지를 지나치며 강혁은 작게 한숨을 머금고는 아래로 향하는 사다리를 향해 발을 내려놓았다.

'큭, 지독하네.'

지하 8층의 영역으로 접어들자 먼저 썩은 물 특유의 역한 냄새가 코끝으로 파고들어왔다.

지하 8층의 영역은 하수도와도 같은 형태를 지닌 곳이었다.

사다리와 연결된 좁은 발판을 제외하면 이어지는 길목 전체가 최소한 허리까지는 오는 높이의 썩은 물들로 채워져 있다.

"어떡한다?"

본래의 계획대로였다면 소리를 죽인 채로 양옆의 천장에 매달린 배관과 손잡이들을 이용해서 지나면 되었다.

합리적일뿐더러 안전하기까지 한 방법이다.

하지만 강혁은 고요하게 가라앉은 물의 앞에 선 채로 고민하고 있었다.

배관을 통하는 방법은 비록 안전했지만 시간이 오래 걸리며 위로 눌러 붙은 찐득한 체액 같은 것들을 비벼야 한다는 단점이 있었다.

'그럼에도 택할 수밖에 없는 방법이었지만······.'

지금은 상황이 좀 달라진 상태였다.

만약 위층의 살인마들처럼 하수도의 괴물들마저 움직임을

멈춘 상태라면? 굳이 더러움까지 감수하며 시간을 지체할 필요가 없는 것이다.

'체액이나 썩은 물이나 더럽긴 매한가지이긴 하다만.'

잠시 고심하던 강혁은 결국 생각을 정하고는 물을 향해 뛰어내렸다.

첨벙!

작게 물보라가 일며 강혁을 중심으로 잔잔한 물결이 번져나간다.

"……."

그대로 선 채로 강혁은 잠시 동안 주변을 경계했지만 어느새 물결마저 지워진 시커먼 물속은 고요함만을 머금고 있을 뿐이었다.

찰박… 찰박…

강혁은 천천히 발걸음을 움직여 나아가기 시작했다.

그렇게 움직여가는 동안.

"역시나."

강혁은 어떠한 습격도 받지 않고 무사히 이동할 수 있었다.

지하 9층의 괴물마저도 굳어버린 것이 틀림없었다.

"후아… 조금 찝찝하긴 하다만."

물길을 곧바로 지나쳤기에 상당히 많은 시간을 아낄 수 있었던 강혁은 반대편에 위치한 발판으로 올라서며 몸에 묻은 물기를 털어냈다.

그리고는 곧장 이동해 잠수함에나 있을 법한 두터운 철
문으로 다가간다.

드르르르… 철컥!

그그극—

도르래 방식의 잠금장치를 해제하고서 문을 잡아당기자
아래로 향하는 계단이 그 모습을 드러냈다.

아직 시공이 덜된 듯 투박한 시멘트의 색체를 띤 채 축축
한 습기를 머금고 있는 계단.

아래로 들어서기에 앞서 샷건의 겉 표면으로 묻은 물기
를 대강이나마 닦아낸 강혁은 이내 다시 샷건을 등 뒤로 돌
리며 롱기누스의 창을 움켜쥔 채 늘어뜨렸다.

저벅… 저벅…

계단을 따라 움직이기 시작하자 발자국 소리가 필요이상
으로 크게 울리며 경각심을 돋우었다.

하지만 강혁은 차분하게 마음이 가라앉는 것을 느꼈
다.

'창 때문인가?'

비록 신체가 지닌 스텟의 차이가 있긴 했지만 누가 뭐래
도 강혁에게 가장 익숙한 무기라고 하면 역시 창이었기 때
문이었다.

특히나 롱기누스의 창은 마치 처음부터 강혁의 물건이었
던 것처럼 손에 착 달라붙는 느낌이었다.

"그런다고 괴물들을 상대할 수 있는 건 아니지만."

새삼스럽게 본래에 지니고 있던 힘의 공백에 아쉬움을 느끼며 강혁은 천천히 계단을 내려갔다.

그리고 마침내.

"드디어."

목표하던 지하 9층의 영역에 접어들었다.

철컹, 철컹—

계단과 이어진 통로의 문은 철창으로 굳게 닫혀 있었다.

하지만 걱정을 할 필요는 없었다.

'여기 이렇게 개구멍이 있으니까.'

철창의 옆으로 난 벽면으로는 그림자 때문에 잘 보이지 않았지만 자세히 보면 아래로 성인 남자 한 명 정도는 웅크리고 지나갈 수 있는 크기의 구멍이 뚫려 있었다.

랜턴을 비추어 구멍을 확인한 강혁은 더 이상 망설일 것도 없이 몸을 낮추어 구멍의 너머로 들어섰다.

"후욱…."

개구멍과 연결된 공간은 좁다란 크기의 방이었다.

의자 하나만이 덩그러니 놓여 있는 방안.

'왠지 모르게 낯이 익군 그래.'

지하 9층의 영역은 다시 지하 감옥의 형태로 돌아와 있었다.

곧장 머릿속으로 떠오르는 추억(?)들에 깊은 한숨을 몰아쉰 강혁은 이내 반쯤 열려진 채 흔들리고 있던 감옥의 문을 완전히 열어젖히고 축축한 기운이 가득한 지하 감옥의 복도로 접어들었다.

"여기서부턴……."

지하 9층은 벽 곳곳에 매달린 횃불들로 인해 밝혀지고 있었다. 여전히 어둡지 않은 것은 아니었지만 시야를 확인하는 데에는 아무런 문제가 없는 수준이다.

그렇다곤 해도 쉽게 돌아다닐 수 있는 곳은 아니었지만 말이다.

지하 9층은 지하 감옥의 모습을 취하고 있는 동시에 미로와도 같은 구조를 지니고 있었다.

수없이 많은 갈림길이 존재하며 벽과 벽을 오갈 수 있는 개구멍이나 부서진 창문들도 상당히 많았다.

애초에 정상적으로 움직일 수 있는 길목들은 철창이나 무너진 천장의 잔해들로 인해 막혀있는 경우가 많았기에 원하는 장소로 가기 위해서는 창문이나 구멍들을 적극 활용해야만 했다.

'스파크로 돌아다닐 때는 쉬웠는데 말이지.'

벽 따위는 마음대로 통과해 다닐 수가 있으니…….

강혁은 새삼스럽게 동화되었을 때의 감각이 그리워졌다.

"에효…."

한숨과 함께 우선 정면으로 이어지고 있는 복도를 향해 발자국을 늘어놓는다. 긴장감 따위는 찾아볼 수가 없는 지극히 편안한 걸음이었다.

적어도 계단 근처의 초반 구역으로는 살인마가 돌아다

니지 않는다는 것을 확인했기 때문이었다.

'살인마가 돌아다니는 건 이 앞부터지.'

무너진 천장의 잔해들을 마주한 강혁은 자연스럽게 방향을 틀어 좌측에 위치한 감옥의 문을 밀었다.

끼이이익…

이미 반쯤 부서진 채로 매달려 흔들리고 있던 철문이 을씨년스러운 소리와 함께 비명을 지른다.

들어선 감옥의 안으로는 머리 쪽에 특이한 형태를 지닌 장치를 매단 해골이 의자에 앉은 채로 말라붙어 있었다.

턱관절은 박살이 나서 바닥에 나뒹굴고 있는 것으로 보아 아마도 그는 생명을 위해 고통이 지니는 두려움을 극복하지 못했던 모양이었다.

시체의 모습을 보자 강혁은 새삼스럽게 이전의 기억이 떠오르는 것 같아 괜스레 입술을 핥았다.

살갗과 함께 입가의 양옆이 좌우로 길게 찢어졌을 때의 통증과 동시에 번져 나오는 비릿한 피 맛의 감촉은 아마 평생 잊지 못할 것이었다.

'추억팔이는 이쯤 해두고……'

의자로부터 시선을 거둔 강혁은 다시 현실에 집중했다.

부서진 채 덜렁거리고 있는 환풍구의 문을 완전히 뜯어내고는 그 안으로 몸을 집어넣는다.

샷건에다 창까지 움켜쥔 채로 좁은 환풍구의 통로를

지나는 것은 쉬운 일이 아니었지만 강혁은 별다른 어려움이 없이 환풍구의 통로를 기었다.

어차피 이번의 통로는 그다지 길게 이어지지 않을 것임을 알고 있기 때문이었다.

"…도착인 것 같군."

기기 시작한지 불과 1분 만에 강혁은 통로의 끝에 다다를 수 있었다.

다른 방으로 이어지는 환풍구의 문을 마주한 것이다.

그 외의 통로는 위쪽을 향해서 뚫려 있었으니 현실적으로 갈 수 있는 경로는 환풍구 문을 지나는 것뿐이었다.

콱! 콰악!

콰앙!

귀를 기울여 주변에 기척이 없는 것을 확인한 강혁은 곧장 환풍구 문을 걷어찼다.

어느 정도 나사가 빠져 있었던 것처럼 보이는 환풍구의 문은 몇 번 강하게 걷어차자 힘없이 밀려나며 바닥에 떨어져 내렸다.

"후우… 이제부터가 문제란 말이지."

강혁이 들어선 방안은 지나온 것과 마찬가지로 휑하기 그지없는 감옥의 모습을 하고 있었다.

다만 다른 점이 있다면 의자 대신 벽에 손목을 매달아 걸수 있는 족쇄가 걸려 있다는 것과 그 옆으로 녹이 슬고 핏물이 눌러 붙은 고문 도구들이 잔뜩 걸려 있다는 점이었다.

"……."

남아있는 흔적들만 봐도 이 방을 지나쳐간 희생자의 고통이 느껴지는 듯 했다.

그런 감상에 사로잡히는 것도 잠시 강혁은 문을 열고서 복도 밖을 살폈다.

지금부터는 살인마들이 돌아다니는 영역이기 때문이었다.

미로가 연상 될 만큼 복잡하고 넓은 공간을 지닌 지하 9층으로는 지하 8층과 마찬가지로 무려 3명이나 되는 살인마가 돌아다녔다.

단두대의 칼날을 그대로 뜯어서 들고 다니며 정육면체의 금속 박스가 머리 대신 매달려 있는 거구의 살인마.

한 손으로는 칼날이 매달려 있으며, 나머지 한 손으로는 갈고리가 매달려 있는 크고 홀쭉한 체구의 살인마.

앞의 두 살인마들에 비해 키나 몸집은 작지만 눈에 보이지 않는 상태로 돌아다니는 식칼의 은신 살인마까지.

'한 마리도 골치 아픈데 말이지.'

심지어 특정 구역만을 오가거나 느릿한 움직임을 보이는 위층의 살인마들과는 달리 지하 9층의 살인마들은 비교적 빠르게 움직이며 랜덤하게 감옥의 곳곳을 돌아다니는 모습이었다.

무려 3명과 숨바꼭질을 해야 한다는 뜻.

특히나 그 중 하나는 무려 은신 살인마가 아닌가.

'그나마 소리로 확인을 할 수는 있지만……'

은신 살인마는 눈으로 보이지는 않았지만 주변으로 즈즈즉 거리는 기괴한 전파음 같은 것을 흘리고 다녔다.

그러니까 소리가 들리는 즉시 몸을 숨길 곳을 찾아서 숨으면 될 일이었지만 어디 일이 그렇게 말처럼 쉽게 되는 법이 있던가.

'골치가 아프군.'

지금부터는 순전히 본연의 실력에 달려있기 때문이었다.

강혁은 왠지 모르게 자꾸만 왕년의 실력을 테스트 받고 있는 것 같다는 생각을 했다.

수집에 탐색에 잠입이라니… 암살 파트만 때놓고 보면 딱 예전에 하던 일 그대로이지 않은가.

'하필이면 스킬도 딱 암살용이고 말이지.'

갑자기 떠오른 생각에 강혁은 실소를 머금다가 이내 복도로 빠져나왔다. 그리고는 꺾어드는 모퉁이의 길목 바닥으로 산성 독 함정의 문양을 그렸다.

딱히 뭔가 목적을 위해서 설치한 것은 아니었다.

돌아다니다가 함정을 밟은 살인마들이 피해를 입으면 그것으로도 일단은 이득이라고 할 수 있을 테니까.

'그나마 정신력이 높다는 게 다행이군.'

전체적으로 형편없는 능력치를 지닌 몸이었지만 정신력만큼은 나름대로 쓸 만했다.

두 가지의 고유 스킬들 중에 하나인 [침착함(패시브)]은 은근히 스킬을 사용하는 것에 대한 부담을 줄여주는 편이고 말이다.

게다가 독 함정 스킬의 경우는 그 효과에 비해서 정신력이 소모되는 값도 적은 편이었기에 이런 식으로 대강 사용하기에는 좋았다.

'그렇게 보면 이 몸도 잘만 쓰면 그리 나쁘진 않을지도.'

정신적인 부담을 줄여주는 [침착함(패시브)] 스킬과는 별개로 [상상력(패시브)] 스킬은 정신력 자체를 회복시키는 효능이 있는 것 같았다.

확실히 말할 수는 없었지만 체감상의 느낌이 그러했다.

그게 아니었다면 지금쯤 가벼운 두통 정도는 있었을 테니까.

"여긴 이쯤 해둘까."

움직여가며 적당한 위치들로 독 함정의 문양들을 새겨넣은 강혁은 무려 세 갈래로 나누어지는 갈림길을 맞이해 좌측으로 이동했다.

'정면은 막혀있고… 우측도 결국에는 막히게 되니까.'

좌측의 길목은 길게 이어진 복도와 함께 양옆으로 부서진 방의 흔적들이 남겨져 있는 장소였다.

각 방들과 이어진 구멍이나 창문들이 많기 때문에 헤매기도 쉬웠지만 반대로 몸을 숨길 곳도 많은 장소인 것이다.

바로 그때였다.

[즈즈즈줏…]

귓가를 스치는 미세한 전파음에 강혁은 그 즉시 자세를 낮추었다. 그리고는 발소리를 죽인 채로 최대한 빠르게 우측 전방에 위치한 창문을 뛰어넘는다.

[즈즈즈줏… 츠측…]

그러는 사이 소리는 점점 가까이 다가들고 있었다.

강혁은 창문 아래의 벽에 기댄 채로 잔뜩 기척을 죽이고 숨을 멈추었다.

[파츠츠츠측…]

어느새 소리는 뚫려진 창문의 바로 앞까지 다가와 있었다.

강혁은 애써 침착함을 유지하며 소리에 집중했다.

"친구… 친구가 필요해. 흐히힉!"

바로 옆에서 속삭이는 듯한 목소리가 강혁이 귓가로 파고들었다.

괴성이나 신음 밖에 내질 못하는 다른 살인마들과는 달리 은신 살인마는 인간의 말을 구사하고 있었던 것이다.

[즈즈즈줏… 츠팍…]

소리는 다시금 멀어지는가 싶더니 어느 순간 완전히 귓가에서 사라졌다.

"푸흐으…!"

강혁은 그제야 참아왔던 숨을 토해냈다.

불과 며칠 전까지만 해도 원하기만 하면 리치나 고대

뱀파이어 등의 거물급 괴물들과 싸워 왔는데, 살인마 하나에 겁을 먹어야 한다니… 참으로 아이러니 하지 않은가?

강혁은 새삼스럽게 느껴지는 불합리함에 이를 갈며 다시 창문을 넘어 복도로 접어들었다.

'방금 지나갔으니까 당분간은 안전하겠지.'

이동하기에 앞서 서있던 장소로 마비 독과 산성 독 함정의 문양을 새겨 넣은 강혁은 은신 살인마의 기척이 멀어져간 방향의 반대편을 향해 움직이기 시작했다.

혹시나 길을 지나가던 살인마가 함정을 밟고 고통을 받길 빌면서.

그렇게 얼마가 지났을까.

"……."

무사히 첫 번째의 위기를 벗어난 강혁은 그 뒤로 비교적 순조롭게 길을 나아갈 수 있었다.

비록 개구멍을 지나느라 옷이 더러워지고 중간 중간 살인마와 마주치기도 했지만 최대한 조심스럽게 움직였던 탓에 매번 들키지 전에 숨어서 위기를 벗어날 수 있었다.

'슬슬 헷갈리기 시작한단 말이지.'

부서진 채 걸린 잔해들의 틈에 몸을 숨긴 채로 강혁은 고민하고 있었다.

지금까지는 그럭저럭 기억을 따라 잘 찾아오긴 했지만 슬슬 그마저도 한계점에 봉착하고 있었기 때문이었다.

'여기서 우측이던가? 아니, 아니지… 좌측인가?'

아무리 생각해 봐도 어느 쪽이 옳았었는지 도무지 기억이 나질 않았다.

단지 눈앞의 갈림길에 대한 것뿐만이 아니라 이후의 경로에 대해서 머릿속이 하얗게 지워진 것처럼 전혀 떠오르는 것이 없었다.

'미치겠군.'

기억력은 나름 자신이 있었는데 말이다.

아무리 강혁이라고 해도 복잡하게 꼬여드는 미로의 구조 전체를 완전히 기억하는 데는 무리가 있었던 모양이다.

"…어쩔 수 없나."

기억이 나질 않으니 별다른 방법이 있을 리 없었다.

'부딪혀보는 수밖에는.'

한숨과 함께 떠오르지 않은 기억을 더듬는 것을 멈춘 강혁은 다시금 주변을 살피고는 잔해 밖으로 빠져나와 갈림길의 앞에 섰다.

"이럴 때는 첫 느낌이 맞는 거겠지."

강혁은 결국 우측의 길목을 선택했다.

우측의 길목은 여태껏 지나왔던 곳들과 마찬가지로 부서진 감옥들이 줄지어 있었다.

반파된 벽면으로 뚫려있는 구멍과 아예 통째로 무너져 뼈대만 남아있는 벽면을 비롯해 수많은 구멍과 창문들이 보인다.

'다 뒤져봐야 하는 거겠지?'

기억이 떠오르질 않는 이상 다시 익숙한 구간을 만나기 전까지는 속칭 노가다를 하는 수밖에 없었다.

강혁은 먼저 가장 눈에 뜨이던 벽면의 구멍을 통해 들어섰다.

"음?"

방안은 의외로 꽤나 깔끔했다. 뿌옇게 먼지가 내려앉아 있긴 했지만 다른 감옥들과는 달리 책상과 의자는 물론이고 침대까지 비치되어 있었던 것이다.

아무래도 이곳에는 특별대우를 받는 희생자가 머물렀던 것 같았다. 이렇게나 깊은 지하에서 지냈었다는 것만으로도 살아있을 거라는 생각은 들지 않지만 말이다.

'혹시 쓸 만한 물건이 있진 않을까?'

스파크로써 돌아다닐 때는 구조를 파악하는 데만 집중했을 뿐이지 세세한 부분까지 파악하고 다닌 건 아니니까.

혹시나 별도의 무기나 총알이라도 발견하면 어떻게든 이득이라고 할 수 있었다.

"기왕이면 총알로."

강혁은 침대 옆의 벽면에 위치한 캐비닛으로 다가섰다.

그리고는 별다른 잠금도 없는 캐비닛의 문을 열고 막 그 내용물들을 확인하려는 순간이었다.

[즈즈즈즛…]

"……!"

귓가로 다시금 전자음이 스쳤다.

[즈즈즈즛… 츠측…]

더군다나 급격히 가까워지는 소리.

강혁은 곧장 숨을 참으며 주변을 살폈다.

하지만 아무리 돌아보아도 방안에 숨을 수 있는 공간이 있을 리는 없었다.

이미 방 안에 있는 셈이니까 숨을 참고서 기척만 잘 숨기면 될 일이었지만……

'느낌이 좋질 않아!'

왠지 모르게 느낌이 좋질 않았다.

오랜만에 떠오른 강렬한 '촉'에 강혁은 고심하다 결국 캐비닛 안으로 몸을 구겨 넣었다.

그리고는 소리를 죽여 캐비닛의 문을 닫았을 때였다.

[파츠츠츠측…]

전파음이 문의 바로 앞까지 다가왔다.

그리고 다음 순간.

찰칵, 끼이익!

"흐으응?"

문이 열려지며 방안으로 은신 살인마의 기척이 다가들었다.

예감대로 방을 그냥 지나치지 않고서 아예 문까지 열고 들어온 것이다.

"히힉, 이상하네. 친구가 있었던 것 같은데… 흐히힉…"

은신 살인마는 문 앞에 선 채로 방안을 둘러보는 듯하더니 끝내 방안으로 완전히 들어섰다.

"친구야… 어디 있어? 흐히힛…"

기괴한 웃음과 함께 방안으로 들어선 은신 살인마는 어느새 투명 상태를 풀고 그 본연의 모습을 드러내 보이고 있었다.

환자복을 입고서 얼굴로는 울상을 짓는 모양의 가면을 뒤집어쓰고 다니는 다소 왜소한 체격의 살인마.

살인마는 손에 쥔 식칼을 이리저리 흔들어가며 좁은 방안을 배회하고 있었다.

"어디 있지? 어디 있을까~?"

마치 강혁에게로 건네는 것처럼 소름끼치는 질문을 계속해서 속이면서 말이다. 그렇게 정신없이 돌아다니던 살인마의 발걸음이 돌연 우뚝 멈춰 섰다.

"흐힛, 알았다!"

그리고.

"여기구나!"

살인마가 돌연 바닥으로 엎드리며 침대 아래를 향해 식칼을 휘둘렀다.

"……!"

순간 강혁은 입을 틀어막은 손에 잔뜩 힘을 주었다.

그러지 않으면 신음이 흘러나올 것만 같았기 때문이었다.

"응? 아니었네…."

살인마는 시무룩한 목소리로 중얼대며 다시 몸을 일으켰다. 그리고는 캐비닛을 응시하는 것이다.

급격히 차오르는 긴장감.

강혁은 샷건의 손잡이로 손을 가져갔다.

"친구… 친구를 찾아보자… 히히힉!"

하지만 걱정과는 달리 살인마는 캐비닛을 열어보는 대신 다시 투명한 상태로 돌아가며 방을 떠나버렸다.

"……."

강혁은 한참이 지나서야 숨을 내쉬고, 그 뒤로도 또 한참이 지나서야 캐비닛을 빠져나왔다.

전파음이 사라져버린 복도는 다시금 정적만이 가득했다.

좀 전의 일로 진이 빠져버린 강혁은 잠시 벽이 기대며 숨을 고르다가 재빨리 빠져나온 캐비닛을 확인한 뒤 방을 벗어났다.

기대와는 달리 캐비닛에 딱히 쓸모 있는 물건은 없었다.

기껏해야 쓰다 남은 붕대나 반창고 정도뿐이었다.

꼬르르륵…

"윽!"

지속적으로 긴장상태가 이어졌던 탓일까.

공복상태의 배가 염치없이 소리를 질러댔다.

"풉…."

긴장된 상황에 어울리지 않는 생뚱맞은 소리에 맥 탁 풀려버리고만 강혁은 그만 실소를 흘리고 말았다.

불과 조금 전에 생명의 위기에 몰렸었는데 어떻게든 먹고 살아보겠다며 신호를 보내어 오는 생리현상이 우스웠던 것이다.

'하긴… 금강산도 식후경이라니까.'

긴장이 풀려버린 덕분에 오히려 담담하게 현실을 인식할 수 있게 된 강혁은 잠시나마 흐트러졌던 냉정을 되돌리고 주머니에서 초코바 하나를 꺼내었다.

"으음… 확실히 좀 낫군."

포만감이 느껴진다던가 하는 건 아니었지만 꺼져 들어간 뱃속만큼이나 공허하던 심정이 조금은 안정되는 느낌이었다.

오류라도 걸린 것처럼 버벅거리던 머릿속도 제 기능을 찾는 느낌이고 말이다.

'역시 사람은 당분이 좀 공급되어 줘야 돼!'

단숨에 초코바 하나를 개 눈 감추듯 해치워버린 강혁은 비어버린 껍질을 바닥으로 아무렇게나 버리고는 열려진 문을 통해 복도로 빠져 나왔다.

정체되어 있던 머릿속이 팽팽 돌기 시작하며 희미하던 기억도 선명도를 되찾았기 때문이었다.

"여기서 좌측 세 번째 끝 쪽 창문이었지."

강혁은 속속 들이 떠오르기 시작한 기억들을 더듬으며 한결 힘이 들어간 걸음을 옮기기 시작했다. 물론 지나온 길목들로 독 함정들을 새기는 것도 잊지 않았다.

'누가 됐든 좀 뒤져라!'

한 순간이나마 다리에 힘이 풀릴 정도로 쫄아 붙었다는 사실이 뒤늦게야 신경이 쓰이는 강혁이었다.

❖

'슬슬 다 온 것 같은데 말이지.'

복잡한 지하 9층의 내부를 헤매기도 어언 1시간 째.

시시각각 조여드는 살인마들의 눈을 피해 기고 웅크리고 뛰어넘어가며 쉼 없이 움직여온 결과 강혁은 마침내 끝을 마주하고 있었다.

환풍구를 기어 도달한 외딴 방안.

감옥들과는 사뭇 다른 이미지를 지닌 평범한 방안으로 접어든 강혁은 그대로 걸어가 나무문을 열어젖혔다.

'도착이군.'

방문의 너머로 이어진 복도의 모습은 지금까지와는 확연히 다른 분위기를 띄고 있었다.

감옥이라기보다는 어딘가의 잘 정돈된 병실이나 실험실의 복도를 마주하는 것 같은 느낌이었다.

차갑다는 느낌이 들 정도로 새하얀 벽면에 깔끔한 바닥으로 이루어진 복도는 그에 어울리는 백색의 형광등 불빛으로 밝게 비추어지고 있었다.

"후우···."

아무 것도 없는 복도의 가운데 선 채로 강혁은 숨을 골랐다. 좀 전까지 신경을 거슬리게 하던 살인마들도 이곳까지는 영역이 닿아있지 않았다.

이제 강혁을 방해할 수 있을만한 존재는 아무도 없다는 뜻.

그 때문일까?

한껏 긴장이 풀린 강혁은 줄곧 세운 채로 움켜쥐고 있던 롱기누스의 창마저 느슨하게 쥐며 길게 늘어뜨렸다.

그리고,

복도의 끝으로 연결된 유일한 문을 향해 다가선다.

'여길 들어간다고 해서 모든 게 끝난 건 아니다만···.'

문고리에 손을 얹고 있자 여태까지 지나오며 겪었던 고생들이 주마등처럼 스치며 무언가 성취감과도 비슷한 감정이 솟구쳤다.

하지만 그것도 잠시.

강혁은 다시 풀어졌던 표정을 고쳤다.

"그럼, 가볼까."

어쩌면 이 앞으로 이번 미션의 끝을 짓는 최후의 시련이 있을지도 모른다는 생각이 머릿속을 스쳤기 때문이었다.

재차 결의를 다지며 강혁은 문고리를 쥔 손에 힘을 주었다.

찰칵, 끼이이···

문은 부드럽게 열리며 그 너머의 전경을 드러내주었다.

한눈에는 다 들어오지 않는 거대하면서도 신비한 전경이 말이다.

'마치 수족관에 온 것 같은 기분이군.'

문의 너머로 들어서자마자 가장 먼저 들어오는 광경에 느껴지는 첫 번째 감상이었다.

그도 그럴 것이 문과 이어지고 있는 공터의 하늘로는 돔 형태의 유리막이 형성되어 있었기 때문이었다.

유리막 너머로는 시커먼 어둠을 머금은 바다 속의 전경이 비추어지고 있었다.

유리막 아래에 갇힌 공터는 족히 300평은 되어 보이는 크기를 지니고 있었다.

바다 전체가 하나의 상징물이기라도 한 것처럼 기하학적인 문양들이 촘촘히 새겨져 있었으며 그것들은 모두 중앙에 위치한 하나의 거대한 구조물을 중심으로 원을 그리듯 모여들고 있었다.

'제단.'

그것은 하나의 거대한 제단이었다.

강혁은 중앙에 위치한 삼각뿔 모양의 구조물을 응시했다.

'기묘하군.'

구조물은 두 개의 뿔이 휘감겨 올라가는 듯한 모양의 형태를 지니고 있었는데 바다와 마찬가지로 온갖 기하학적인 문양들이 빼곡히 새겨져 있었다.

바닥과는 달리 구조물에 새겨진 문양들은 붉은색의 은은한 빛을 머금고 있었는데, 이따금씩 불빛이 꺼졌다가 켜지기를 반복하고 있었다.

마치 하나의 살아있는 생물처럼 호흡을 하고 있는 것만 같은 모습.

"근데… 이걸 어쩌란 거지?"

구조물의 앞에 선 채로 그 위를 올려다보며 강혁은 차오르는 막막함에 한숨을 머금었다.

뭔가 방으로 들어서자마자 최후의 전투가 시작되거나 하다못해 무언가의 정보가 주어지진 않을까 하는 생각과는 달리 공터로는 적막만이 가득했던 것이다.

넓디넓은 공간의 가운데로 홀로 서있기 때문일까.

강혁은 세상에서 홀로 분리된 것만 같은 기분이 들었다.

"……"

그렇게,

멍하니 구조물의 위로 새겨진 문양들로 시선을 향하고 있을 때였다.

"무슨 생각을 하고 있는 거야?"

"…!"

갑자기 등 뒤로부터 들려온 목소리에 강혁은 흠칫 놀라며 돌아섰다. 그리고 시야에 들어온 모습을 확인한 순간 강혁은 저도 모르게 어깨를 떨고 말았다.

"뭔가 굉장한 표정이네? 우후훗."

눈앞으로 익숙한 얼굴들이 비추어지고 있었기 때문이었다.

하지만 그 모습은 강혁이 기억하고 있던 모습과는 사뭇 달랐다.

'…에밀리아?'

목소리의 주인공은 강혁으로 하여금 첫 만남부터 기이하게 끌리는 느낌을 들게 만들었던 소녀 에밀리아였다.

다소 꺼림칙한 과거가 있긴 했지만 적어도 겉모습만큼은 사랑스러운 소녀와도 같은 모습을 지니고 있던 그녀가 확연히 달라진 모습으로 나타난 것이다.

표정, 말투, 분위기 모든 것이 달랐다.

하지만 무엇보다 다른 점은 그녀의 모습 그 자체였다.

기껏해야 10대 초반 정도로 밖에는 보이질 않던 모습이 성숙한 느낌마저 풍겨나는 정도의 나이까지 훌쩍 자라 있었던 것이다.

달라진 점은 그것뿐만이 아니었다.

'저건….'

그녀의 주변으로는 검붉은 기류가 휘돌고 있었다.

그것은 마녀의 몸 주변으로 휘돌던 것과 같은 종류의 기류였다.

"넌 누구지?"

침묵 끝에 강혁은 힘겹게 입술을 열어 질문을 던졌다.

에밀리아는 입술을 말아 올려 고혹적인 미소를 지어보였다.

"잘 알고 있잖아? 지금 네가 생각하는 그대로의 존재가 바로 나야. 에밀리아 아이번. 하지만 네가 인식하고 있는 것과는 조금 다를지도 모르지. 지금 나는 혼자가 아니니까."

"…혼자가 아니라고?"

"그래. 그러니까 이제부터 나를 부를 때는 에밀리아가 아니라 연결체라고 불러줬으면 좋겠어. 이 몸은 사실상 우리들이 통하는 매개체에 불과할 뿐이니까."

"그게 무슨…."

갑작스럽게 전개된 상황에 강혁은 정신이 없는 상태였다.

뭔가 기미라도 주고 이야기를 진행해야지 이건 대체 무슨 생뚱맞기 그지없는 전개란 말인가.

하지만 그런 강혁의 불만과는 무관하게 에밀리아, 아니 연결체는 계속해서 자신의 말만을 늘어놓고 있었다.

"어쨌든 여기까지 오느라고 수고했어. 내가 예상한 것보다 좀 더 늦어서 살짝 지루해지긴 했지만 말이지."

"……."

"사실 내가 깨어난 이유는 너 때문이야."

"나 때문이라고?"

"응. 너의 존재가 나의 흥미를 끌어냈으니까. 너에게 관심이 있다는 뜻이야."

연결체는 그렇게 웃으며 추파를 던졌다.

하지만 강혁은 굳어진 표정을 풀 수가 없었다. 그러기에는 그녀로부터 뿜어져 나오는 존재감이 너무나도 크고 음울했기 때문이었다.

"후후, 고백을 받았는데도 별로 기뻐하는 표정이 아니네? 괜찮아. 나도 쉬운 남자는 별로 재미가 없거든. 그러니까… 이제 슬슬 놀아볼까?"

"…!"

연결체는 천진난만하다는 느낌이 들 정도로 순수한 미소를 지어보였다.

그리고…

다음 순간이었다.

[끼이이이이익-!]

"크학!"

철판을 긁어내리는 듯한 끔찍한 소음이 귓가를 울렸다.

마치 머릿속에서 직접 울린 듯 선명하면서도 날카로운 소음이었다.

"끄아아아아악!"

소음 뒤에 찾아온 것은 눈두덩을 태울 듯이 뜨겁게 파고드는 통증이었다.

강혁은 비명과 얼굴을 감싸며 무너졌다.

눈앞의 시야가 붉게 물들며 희미하게 멀어져가기 시작했다.

"끄헉! 허윽! 컥, 끄아아아~!"

쉼 없이 파고드는 통증에 강혁은 정신을 차릴 수가 없었다.

마치 보이지 않는 송곳이 두개골의 안쪽에서부터 시신경을 계속해서 찌르고 헤집어대는 것만 같은 느낌이었다.

"꺼헉! 허윽, 꺼흐윽!"

이런 고통을 계속해서 느낄 바에는 차라리 죽거나 기절하고 싶다는 기분이 들 정도.

"허억… 흐… 하아…?"

하지만 고통은 이내 씻은 듯이 사라졌다.

그에 따라 신음성 역시도 조금씩 잦아들어간다.

"후우욱… 후우…."

호흡을 완전히 가라앉힌 강혁은 천천히 얼굴로부터 손을 떼어냈다. 그리고는 조심스럽게 눈두덩을 만져본다.

뜨겁게 타오르는 통증에 한 때는 아예 눈알이 타버리는 건 아닌가 했는데 다행스럽게도 손끝에는 멀쩡히 볼록한 감촉이 느껴지고 있었다.

"……."

강혁은 이내 조심스럽게 눈을 떴다.

그리고.

"망할."

강혁은 욕설을 내뱉을 수밖에 없었다.

눈앞의 시야에 비추어지는 전경이 완전히 달라져 있었기 때문이었다.

강혁의 눈앞에 펼쳐진 것은 한없이 파괴되고 방치된 도시의 모습이었다.

교회로 들어서기 전 강혁이 지나쳐왔던 도시와는 또 다른 모습이다.

적어도 그곳은 축축하고 기분 나쁜 감은 있었어도 그만큼의 현실감은 있었으니까.

하지만 지금 눈앞에 펼쳐진 도시의 전경이 달랐다.

마치 전혀 다른 세상에 발을 딛고 있는 것 같은 기분이다.

[시험(10): 진실의 문]

-살아남으세요.

-진실의 문은 자격이 있는 자에게만 허락됩니다.

(조언: 절대로 포기하지 마세요.)

멍하니 서서 바뀐 세상을 쳐다보는 강혁의 눈앞으로 마침내 열 번째의 시험이 주어졌다.

아마도 마지막일 것으로 추정되는 시험의 메시지창.

"이게 정말로 끝이기를."

마지막이기 때문일까.

메시지창의 내용은 심플하면서도 의미심장했다.

확인을 하자마자 스르륵 공기 중으로 녹아들며 사라져가는 메시지창으로부터 시선을 거두며 강혁은 차분히 롱기누스의 창을 움켜쥐며 싸울 준비를 했다.

망설이거나 머뭇거림 따위는 없었다.

처음부터 이런 일이 벌어질 거라고 어느 정도는 예상하고 있었으니까.

'자! 이번엔 어떤 지옥을 보여줄 테냐!'

강혁은 이를 악물었다.

그리고는 긴장감을 한껏 끌어올렸을 때였다.

콰아아아아아—

"…!"

반파된 빌딩의 저 너머로부터 눈부신 광휘가 돌연 뿜어져 나왔다. 마치 세상의 탄생과도 같이 웅장하면서도 거대한 존재감을 지닌 빛이 점차 밝혀지며 세상 전체로 그 영역을 떨쳤다.

쿠구구구…

빛의 태동과 함께 대지도 함께 절규했다.

미친 듯이 흔들리는 지면에 본능적으로 자세를 낮추며 균형을 잡고 있을 때였다.

"맙소사…!"

건물들을 밀어내고 솟구치며 지하부터 서서히 그 모습을 드러내 보이는 거대한 구조물의 모습에 강혁은 저도 모르게 신음을 흘리고 말았다.

공터에서 보았던 것과는 차원이 다를 정도의 크기를 지닌 구조물이 그 어떤 빌딩보다도 높게 솟구치고 있었기 때문이었다.

하지만 진정으로 강혁을 두렵게 만드는 것은 구조물 그 자체가 아니었다.

'…태양?'

하늘을 찌를 듯 솟구친 구조물의 위로 발산되었던 빛무리가 모여드는가 싶더니 이내 하나의 거대한 구를 이루며 일렁이기 시작했던 것이다.

언뜻 보면 영화 반지의 제왕에 나오는 사우론의 눈과도 같이 생긴 구체는 무척이나 붉었다.

핏빛과도 같이 붉은 색체를 지닌 구체는 그 테두리로 이글거리는 검은색의 열기를 운무처럼 두르고 있었는데, 그것이 빛으로 번져 나와 하늘 전체를 검붉은 색으로 물들이고 있었다.

하늘 높은 곳에서 세상이 비추는 또 하나의 빛.

강혁은 언젠가 저런 광경을 본적이 있는 것 같다는 느낌을 받았다.

'맞아. 분명히 그때에…!'

그것은 분명 세 번째의 시나리오를 시작했을 때에 무너진 빌딩의 내부에서 깨진 창밖을 내다보았을 때 강혁이 마주한 적이 있던 그 태양이었다.

'죽은 태양이 비추는 세계.'

강혁은 순간 형언할 수 없는 소름이 돋는 것을 느꼈다.

처음으로 감당할 수 없던 공포를 느끼게 만들었던 그때의 광경 속으로 들어와 있다는 것을 깨달았기 때문이었다.

바로 그때.

[깔깔. 여전히 굉장한 표정이네?]

정신을 일깨우듯 익숙한 목소리가 귓가로 파고 들어왔다.

위치를 파악할 수는 없었지만 선명하게 들려오는 목소리는 귓가가 아니라 머릿속에서 직접 울리고 있었다.

기계음과 섞여들기라도 한 것처럼 미세한 에코와 노이즈를 머금은 목소리는 분명 연결체의 것이었다.

[말했듯이 난 너에게 관심이 있어. 하지만 그냥 받아들여 주면 역시 재미없잖아? 그러니까 지금부터 간단하게 테스트를 할 거야.]

연결체는 잠시 뜸을 들이다가 다시 말을 이었다.

[테스트의 내용은 간단해. 저기 태양을 받치는 기둥이 보이지? 저기까지 와봐. 일단 거기까지 도착하기만 하면 나머지는 자연스럽게 알 수 있게 될 테니까.]

"가는 길이 만만하진 않겠지?"

[깔깔깔. 맞아. 세상에 쉬운 일 같은 건 없잖아? 그러니까 실컷 고생해봐. 그리고 네 자격을 증명해. 실패하면… 죽게 될 테니까.]

그 말을 끝으로 귓가로 이명처럼 울리던 연결체의 목소리는 완전히 사라져 버렸다.

"후우… 제기랄."

강혁은 욕설과 함께 저 멀리 형체가 보이는 구조물을 응시하며 달릴 준비를 했다.

"끄어어어…!"

"꾸어억!"

하늘을 가득 채운 붉은색의 빛으로부터 검은색의 재 가루가 생겨나며 먼지처럼 흩날리며 떨어져 내리기 시작했기 때문이었다.

재 가루가 떨어져 내린 지면으로부터는 끈적끈적한 액체가 생성되어 스멀스멀 번지며 무언가의 형체들을 만들어내고 있었다.

꿈에서 볼까 무서울 정도로 흉측한 개체들.

그것은 다름 아닌 망자들이었다.

"끄으으으…"

"끄르르륵!"

액체로부터 생성되어진 망자들이 일제히 끔찍한 울음소리와 함께 달려들기 시작했다.

콰학!

"케헤엑!"

가장 먼저 달려들던 망자의 머리통을 꿰뚫어 움직임을 멈추어버린 강혁은 곧 망설임 없이 지면을 박차며 내달리기 시작했다.

'정말이지 하드한 미션이구만!'

사방에서 나타나며 몰려드는 망자들을 보며 강혁은 이를 악물었다. 하지만 동시에 그 입가로는 희미하게나마 미소를 맴돌고 있었다.

개미 떼처럼 몰려드는 망자들의 모습에 미쳐버리기라도 한 걸까?

확실히 어딘가 제 정신이 아닌 것 같은 모습이었다.

하지만 그것은 두려움이나 공포 때문이 아니었다.

'나도 참 미쳤지.'

강혁은 진심으로 즐거움에 가까운 기분을 느끼고 있었던 것이다.

사방에서 망자들이 몰려들고 달려가는 길목의 끝으로는 그보다 더한 괴물이나 살인마들이 속속들이 만들어지며 그 모습을 드러내 보이고 있는데.

'긴장 되잖아 이거!'

강혁은 그것을 즐기고 있었다.

언제 죽을지 모르는 극한의 상황에서 희열마저 느끼고 있었던 것이다.

이 쯤 되면 정말로 미쳐버렸다고 해도 과언이 아니었다.

어쩌면 계속된 위기를 겪어온 탓에 성향이 어려움을 즐기는 변태처럼 되어버렸는지도 모를 일이다.

"흐아압!"

콰학! 콰지직!

그러나 그런 사족과는 무관하게 강혁은 멈추지 않고 내달리며 몰려드는 망자들을 향해 쉼 없이 창을 휘둘러대고 있었다.

앞을 가로막는 망자들은 하나 같이 머리통이 꿰뚫리거나 창대에 얻어맞아 밀쳐지며 주변의 망자들과 엉켜서 덩어리가 되어 허물어지는 모습이었다.

기이이이잉-!

"크워어어!"

달려드는 적들 중에는 한동안 모습을 감추었던 추적자의 모습도 있었지만,

"꺼져!"

타아앙-!

강혁은 당황하지 않고서 샷건을 앞으로 돌리며 방아쇠를 당겼다.

"크하아악!"

전기톱을 높이 쳐든 채로 달려들던 추적자가 가슴팍을 파고드는 충격에 비명을 지르며 그 자리에서 멈추어 선다.

강혁은 뒤도 돌아보지 않고서 추적자를 지나치며 더욱더 속도를 냈다.

기둥을 향해 나아가면 갈수록 몰려드는 망자들의 숫자는 많아졌으며 간간히 살인마들이나 기괴한 형체를 지닌 괴물들마저 달려들어 왔지만 강혁은 신들린 것처럼 그 모든 것

들을 상대하며 속도를 내고 있었다.

타앙! 타아앙! 탕!

쏘아지는 것과 거의 동시에 재장전이 되며 더블 배럴 샷건의 총구가 연신 불을 뿜는다.

"까아아아악!"

"크헤에엑!"

"고오오오!"

산탄에 얻어맞은 살인마나 괴물들은 하나같이 커다란 충격을 받고는 쓰러지거나 최소한 경직되며 한동안 따라붙지 못하는 모습이었다.

치이이익…

"케헤에에…!"

효과를 발휘하고 있는 것은 샷건 뿐만은 아니었다.

달리고 있는 와중에도 적합한 장소나 타이밍이 나오면 여지없이 독 함정의 문양을 그려서 그 위를 지나는 괴물들에게 타격을 주고 있었던 것이다.

바로 등 뒤에서 산성 독에 휘말려 녹아들어가는 두꺼비 인간을 뒤로하며 강혁은 한결 가까워진 것처럼 보이는 구조물을 응시했다.

'거의 다 왔군.'

동시에 남아있는 샷건의 탄환을 확인한다.

샷건의 탄환은 이제 겨우 9발정도 밖에는 남아있지 않았다.

쾅쾅쾅!

"크헤에에-!"

어느새 잠긴 문을 향해 몰려든 망자들이 울부짖으며 문을 마구 두드려대기 시작한다.

저대로라면 얼마 지나지 않아 망자 떼들이 문을 부수고 몰려들어오게 될 터.

하지만 강혁은 당황하지 않고서 곧장 창문으로 향했다.

쨍그랑!

창문을 깨고 밖으로 나서자 비상계단이 이어지고 있는 모습이 보인다.

강혁은 곧장 비상계단을 통해 위를 향해 올라갔다.

"케헤에엑!"

"끄으으으!"

어느새 문을 박살내고 망자들이 몰려드는 소리가 들려왔지만 이제는 상관이 없었다. 강혁은 이미 목적한 바대로 옥상에 도달한 상태였기 때문이었다.

계단을 지나 사다리까지 타고 옥상으로 기어오른 강혁은 곧장 주변을 살폈다.

'역시나!'

밀집되어있는 건물들의 구조상 충분히 닿을만한 거리에 다른 건물이 존재하고 있었다.

"방향은… 저 쪽이군."

옥상에 올라선 채로 쳐다보자 구조물의 형체가 한결 더 가까워보였다. 강혁은 그대로 옥상 위를 내달려 도움닫기를 해 옆 건물의 옥상으로 점프했다.

'좋아!'

옥상으로 닿자마자 지면을 굴러 충격을 줄이고 다시금 내달리기 시작하는 강혁을 방해하는 요소는 아무 것도 없었다.

떨어져 내리기 시작한 재 가루들은 이제 하늘을 비롯한 도시 전체를 뒤덮고 있었지만 괴물이나 살인마들은 온통 지면에서만 생성되고 있었다.

단지 몰려드는 망자들을 조금이라도 따돌릴 틈을 만들기 위해 택한 경로였지만 그 효과가 훨씬 더 크게 미친 셈이었다.

'이대로만 가면…!'

강혁은 한순간 긴장이 풀리며 희망이라는 감정이 들어섬을 느꼈다.

우연인지 필연인지 건물들은 도약하면 얼마든지 도달할 수 있는 거리만큼 밀집되어 있었으며 또한 구조물이 있는 방향까지 쭉 이어지고 있었다.

그러니까.

이대로 옥상과 옥상을 경유해서 계속 내달리기만 하면 목표한 바에 도달할 수 있게 되는 것이다.

그렇게 희망을 머금으며 다음 건물의 옥상을 향해 전력으로 내달려 있는 힘껏 점프했을 때였다.

〈꺄아아아아아─!〉

귀곡성과 함께 음울한 존재감이 등 뒤를 향해 다가 들었
다.

그리고 동시에.

"…!"

서늘한 감촉이 옆구리로 파고들어 왔다.

〈7권에 계속〉